我的眼光是碎的

菲律賓‧華文風 叢書 **08**（新詩）

月曲了 著

楊宗翰 主編

【主編序】
在台灣閱讀菲華，讓菲華看見台灣
——出版《菲律賓‧華文風》書系的歷史意義

楊宗翰

　　很難想像都到了二十一世紀，台灣還是有許多人對東南亞幾近無知，更缺乏接近與理解的能力。對台灣來說，「東南亞」三個字究竟意味著什麼？大抵不脫蕉風椰雨、廉價勞力、開朗熱情等等；但在這些刻板印象與（略帶貶意的）異國情調之外，台灣人還看得到什麼？說來慚愧，東南亞在台灣，還真的彷彿是一座座「看不見的城市」：多數台灣人都看得見遙遠的美國與歐洲；對東南亞鄰國的認識或知識卻極其貧乏。他們同樣對天母的白皮膚藍眼睛洋人充滿欽羨，卻說什麼都不願意跟星期天聖多福教堂的東南亞朋友打招呼。

　　台灣對東南亞的陌生與無視，不僅止於日常生活，連文化交流部分亦然。二〇〇九年臺北國際書展大張旗鼓設了「泰國館」，以泰國做為本屆書展的主體。這下總算是「看見泰國」了吧？可惜，展場的實際情況卻諷刺地凸顯出臺灣對泰國的所知有限與缺乏好奇。迄今為止，台灣完全沒有培養過專業的泰文翻譯人才。而國際書展中唯一出版的泰文小說，用的還是中國大陸的翻譯。試問：沒有本土的翻譯人才，要如何文化交流？又能夠交

流什麼？沒有真正的交流，台灣人又如何理解或親近東南亞文化？無須諱言，台灣對東南亞的認識這十幾年來都沒有太大進步。台灣對東南亞的理解，層次依然停留在外勞仲介與觀光旅遊──這就是多數台灣人所認識的「東南亞」。

東南亞其實就在你我身邊，但沒人願意正視其存在。台灣人到國外旅遊，遇見裝滿中文招牌的唐人街便倍感親切；但每逢假日，有誰願意去臺北市中山北路靠圓山的「小菲律賓」或同路段靠臺北車站一帶？一旦得面對身邊的東南亞，台灣人通常會選擇「拒絕看見」。拒絕看見他人的存在，也許暫時保衛了自己的純粹性，不過也同時拒絕了體驗異文化的契機。說到底，「拒絕看見」不過是過時的國族主義幽靈（就像曾經喊得震天價響，實則醜陋異常的「大福佬（沙文！）主義」），只會阻礙新世紀台灣人攬鏡面對真實的自己。過往人們常囿於身分上的本質主義，忽略了各民族文化在歷史上多所交融之事實。如果我們一味強調獨特、純粹、傳統與認同，必然會越來越種族主義化，那又如何反對別人採用種族主義的方式來對付我們？與其矇眼「拒絕看見」，不如敞開心胸思考：跟台灣同樣擁有移民和後殖民經驗的東南亞諸國，難道不能讓我們學習到什麼嗎？台灣人刻板印象中的東南亞，究竟跟真實的東南亞距離多遠？而真實的東南亞，又跟同屬南島語系的台灣距離多近？

台灣出版界在二○○八年印行顧玉玲《我們》與藍佩嘉《跨國灰姑娘》，為本地讀者重新認識東南亞，跨出了遲來卻十分重要的一步。這兩本以在台外籍勞工生命情境為主題的著作，一本是感性的報導文學，一本是理性的社會學分析，正好互相補足、對比參照。但東南亞當然不是只有輸出勞工，還有在地作家；東

南亞各國除了有泰人菲人馬來人，也包含了老僑新僑甚至早已混血數代的華人。《菲律賓・華文風》這個書系，就是他們為自己過往的哀樂與榮辱，所留下的寶貴記錄。

東南亞何其之大，為何只挑菲律賓？理由很簡單，菲律賓是離台灣最近的國家，這二、三十年來台灣讀者卻對菲華文學最感陌生（諷刺的是：菲律賓華文作家在一九八〇年代以前，一度以台灣作為主要發表園地）。[1]東南亞各國中，以馬來西亞的華文文學最受矚目。光是旅居台灣的作家，就有陳鵬翔、張貴興、李永平、陳大為、鍾怡雯、黃錦樹、張錦忠、林建國等健筆；馬來西亞本地作家更是代有才人、各領風騷，隊伍整齊，好不熱鬧。以今日馬華文學在台出版品的質與量，實在已不宜再說是「邊緣」（筆者便曾撰文提議，《台灣文學史》撰述者應將旅台馬華作家作品載入史冊）；但東南亞其他各國卻沒有這麼幸運，在台灣幾乎等同沒有聲音。沒有聲音，是因為找不到出版渠道，讀者自然無緣欣賞。近年來台灣的文學出版雖已見衰頹但依舊可觀，恐怕很難想像「原來出版發行這麼困難」、「原來華文書店這麼

---

1. 台灣跟菲律賓之間最早的文藝因緣，當屬一九六〇年代學校暑假期間舉辦的「菲華青年文藝講習班」（後改為「菲華文教研習會」）。此後菲國文聯每年從台灣聘請作家來岷講學，包括余光中、覃子豪、紀弦、蓉子等人。一九七二年九月廿一日總統馬可士（Ferdinand Marcos）宣佈全國實施軍事戒嚴法（軍統）之後，所有的華文報社被迫關閉，所有文藝團體也停止活動。後來僥倖獲准運作的媒體亦不敢設立文藝副刊，菲華作家們被迫只能投稿台港等地的文學園地。軍統時期菲華雖無出版機構，但施穎洲編的《菲華小說選》與《菲華散文選》（台北：中華文藝，一九七七）、鄭鴻善編選的《菲華詩選全集》（台北：正中，一九七八）卻順利在台印行面世。八〇年代後期，台灣女詩人張香華亦曾主編菲律賓華文詩選及作品選《玫瑰與坦克》（台北：林白，一九八六）、《茉莉花串》（台北：遠流，一九八八）。

稀少」以及「原來作者真的比讀者還多」——以上所述,皆為東
南亞各國華文圈之實況。或許這群作家的創作未臻圓熟、技藝尚
待磨練,但請記得:一位用心的作家,應該能在跟讀者互動中取
得進步。有高水準的讀者,更能激勵出高水準的作家。讓我們從
《菲律賓・華文風》這個書系開始,在台灣閱讀菲華文學的過去
與未來,也讓菲華作家看見台灣讀者的存在。

目 次

209 附 錄

一隻白雲

暮色形而下
炊煙形而上

夕陽把世界
斜放在外面
月光途中
晚禱的鐘聲又再
與星子錯身而過
而我　正緊閉雙目
低頭祈願

願今夜走進夢裏
沒有驚動
像一隻白雲
步出天空

人生

人生如小板凳
短短的
所以
你也想
坐著不走

二〇〇九年

三保井

他們都有一條鄉愁
長長的
可以汲水

我沒有
我的　已用於
捆紮沉重的行李
準備回家
或者遠行

只記得　深深的
三保井
是時間的望遠鏡
可讓裏面
外面的中國人
自我瞭望

上班

清晨

我在鏡內

整理一夜分散的表情

踏出門外

路又一條一條的

把我分別帶走

一九八三年

亡人節

十一月初一俗稱亡人節，每年此日，母親總會帶
領我們兄弟姐妹、媳婦、孫兒女等，至華藏寺、
海會塔拜祭父親。

十一月的路
不走城市而走山間
我們入山
頓足
在山中憂急問著
父親的行蹤
路草在哭泣
樹葉啞然
只有等人的海會塔
深深的望著我們
那塔尖指指點點
它指天空

它指雲
它不指路

問了再問
父親的行蹤
十一月的佛
曾經相識
但坐著的盡說不知
站著的也說沒看見
而路草在哭泣
樹葉啞然
木魚敲不出
他的步音
只有
鐘聲悠悠
把一座古寺
搖入
母親靜悄悄的眼睛裏

一九八二年

夕陽下
──網球場上悼平凡

人躺著
影子站起來
紅塵上
應沒有接不住的歲月
你的球
依然愛恨分明
把暮色擦出火花
把晚風擊出血
球如流星
還未落地
就被叫為夕陽

是黃昏的錯判
失手的
其實是天空

大小樹

街旁各棵大小樹
枝已參天葉已落地
還是想不透

移民局的上空
一簇雲
要來就來
要去就去

一九八一年

寸步難行

回憶是回家
千山萬水寸步之間

可是眼光散盡的天涯
背上的月色已沉重

二〇〇七年

小店

夕陽停下
讓晚風　行人
橫過馬路

暮色已像
一杯寂寞的濃咖啡
語言不通的街頭
小店　遠遠地
如故鄉

燈的窗口
往事的味道

二〇〇九年五月

小店裏
——天靐兄來訪　久別重逢有感

我見你走來如昔時
腳聲又輕了許多
小店裏　沒有酒
兩杯咖啡
我們從古代笑到現在

你見我坐著如往年
你握住了我的手
握出了聲音
天南地北都聽見

小店裏　實在沒有酒
再來兩杯咖啡
莫談人生
咖啡一定更香濃

小風雨

窗外的雨點
像屋內殘舊的天花板
　　　　　　重修之後
釘不牢的釘子
一再　掉落地上

心緒交錯　電線桿上
一隻麻雀
像修理天空的工人
因此　被解僱

小橋夜月

人散了
還有這些
身子挨身子
緊偎過來的大排檔
要和我對飲
論水中
破碎的月
在心情不好的河邊
未八月先中秋

人散了
還有那
忘年的石橋
替醉
堅持同行
相扶過河

在踉蹌的異鄉
先入夢才回家

中秋月

今夜最難入眠
想家家戶戶團圓的人
把好完整的月餅
切成了多少塊
中秋夜
水聲不在溪河
偏在枕上
莫名地川流
房中甚麼都流走了
獨這醒覺　渾然
頑石一般沖不去
今夜最多窗
我低頭不觀天
把頭低過酒平線
因怕中秋月

今年又照我
不去照故鄉

一九八四年

中國公園

秋天已在我的身上
單薄的衣衫
撲撲飄來
西南的風雨

使公園內的竹林
騷騷而動
開始搖首點頭
傾心談國事了

這些親切的漢語聲
更使坡上
那沉著的石亭
不覺舉步
向我們行來

一九八二年

今夜何必又中秋

母親你知道嗎
天空每夜扔掉的星
其實
都是我探望你的眼睛
昨天我已把窗口
還給明月
今夜何必又中秋

二〇〇四年

午後

陽光雖好而窗簾已遮去半生
思想如一幢漸舊的房子
縱的是往事橫的是街路
交錯成為我的住址

無枝無葉無鄉愁的一排木電桿
站來屋外一片午後的寂寞
電線電話線風箏線都是我的目光
不堪風吹便悄悄紊亂起來

只有那愛情　終日在外
留連忘返如頑固的馬車
依然踏入不准駛入的單行道
停泊在不可停泊的地方

一九八五年

午睡

推開自己
離開了岸

翻個身
舢舨一般地搖曳
盪漾

載走書房時間

天色已靜（之一）

醫院的窗
是玻璃的季節
其寒意
如一架空椅
他坐著時
仍然是一架空椅

千手護士的千手
在病床上
忙於尋找
那不見的呼吸

天色已靜
不必再讀晚報了
他剛剛看見

透明的風景
和透明的人生

一九八二年

天色已靜（之二）
——悼詩人王若

你淺酌豪飲
沒有理由去和未來乾杯
盡乾了　這瓶
好苦澀好甘醇的人生
醉不成藉口
而未回家
你是去了哪裏
我們問執情不放的筆
又問空白的稿紙
只不敢問風
也怕問樹影

今夜　天色已靜
你穿過上閂了的門
你穿進落鎖著的窗
看到等你的人還在等

伸不出什麼
也要伸出一隻手
去撫摸她憔悴的臉
而你的手
她以為
以為是冰冷的月光

今夜　你回來
步不成聲
星光替你踏入家
家是比天堂溫暖的
雖房間的燈火
照得你好痛
你也要留下
走入她的眼睛
住在回憶裏
永不再出來

一九八五年

天黑之前

坐在馬車上
而無樹蔭的街道
頭上是一片窄窄的天空
天空只有工廠煙囪
生產的現代雲
兩邊的高樓大廈
一日比一日更高
已遮住海洋
又遮住夕陽
如果也能遮住戰爭呢
我可以無馬車
可以無樹蔭
不必有雲
回家踱步是一種詩意
沿途吹口哨也是
另一種悠閒

月光未乾的路上

自中年到老年
必經之地　竟是童年
竹馬回頭的草原
天空是水彩的
心是紙剪的
是誰都不能忘懷
那些風箏的痛
線斷的地方

途中沒有人要下車
願車子不停
轔轔轆轆　輾過每粒石子
每粒石子都動人
在月光未乾的路上
彈起驚呼　飄落嘆息
以忘記
這是一部遙控的
上帝的玩具車

月變
——菲國八月軍變事件側影

一架年邁的野戰機

強撐著

走出病房

它劇烈的咳嗽

撼動窩寢中的菲律賓

我自無名腫毒的枕上躍起

月光腐臭

在歷史的床前

我衝出寢室

從每一個傷口向外張望

什麼也沒有

什麼也沒有

只看見

它一口慘綠色的冷痰

連血帶話

吐在發炎的天邊

王城

西班牙統治菲律賓時代的城堡位於馬尼拉市中，
亦稱仙參戈堡，現已成為旅遊勝地

在我看來
你是一座坐立不安的城
時而激動
欲從望遠鏡內
再漂洋回家的一座城
在戰爭中
你就是那一個年輕的
在東方值夜
乾脆站直死去的外國守兵
如今你的徽章
已掛在夜空的星群中
不在你的胸襟上
閃亮著
此地的長草再長

都長不過你的古老

城墙上

隨便一處槍痕或砲跡

其實已深得

足以刻叫你的名字

你在深夜中醒著

和我一樣

四週沒有一陣相識的風

一九八一年

王彬經驗

一.

走著

走著

翻山越嶺

走過多少旅途

緩慢的步伐

急促的鞋聲

就是走不出

與外國史混血的

這條小小的王彬街

走著

走著

又喝

不知多少

歸期榨成的甘蔗汁

二.

馬車把時間
停泊在街角
我又走入蜜味店中
站在一排玻璃甕前
面對著
故國運來的各種蜜餞
想了好久
還是　買了一包
土生土長的芒果乾
童年的月光
才酸溜溜的
在店口
叫我

一九九六年

他鄉遇雨

遇雨無傘
身分與心情
跟街景一樣模糊

雖是涼快的蕉風椰雨
落在心上
竟是長江黃河
冷冷的碎片

二〇〇四年

半悟

空山無人
白雲無家
在我靜坐的時候
淙淙的溪澗
也悠然地停著
無理地思考

我苦修得來的
半點悟
今夜　又被螢火蟲帶走
去點亮樹林

古砲

鐵的忍耐
銹的感觸
望著革命的草
今年又綠到了眼前
銅的茫然
楞的姿態
從瞄準到眺望到你趺坐苦思

遊客們都在敲打著
都要知道你真實的年齡
只有我
走近砲口
因為在照相機內
我聽見你
一聲長長的嘆息

一九八一年

只要啤酒開口

只要催一輛馬車
便通行無阻
輕易地
穿過天主教堂
西班牙鐵刺網的鐘聲
進入比日本步槍
更短的王彬街了

目睹海外夕陽
由台灣椪柑　大陸蘋果
一攤一攤零零星星推走之後
留下石橋上坐著
與自己過不去　抽煙
和天空交涉的中國遊客
望鄉的眼光因逾期而成蛛絲
在中菲友誼門角上
掛在寒冷親切的北風中

沿著這些蛛絲馬跡

在新唐朝的月下

你就會找到古舊的馬尼拉

據吉他說

舊馬尼拉的深夜裏

只要一瓶啤酒開口

美軍枕邊的巴石河

便不得不

為你倒流

失眠七行

總把床當作門
躺於其上
如躲在夢的門後

整夜煩惱著
這對失而復得的眼珠
不曉得
要如何收藏

打烊

茶藝館飲冰室
咖啡屋有打烊
電影院有劇終
我們有緣盡

煙抽完
和靈魂一起踩熄
收起道具
此處已無人

二〇〇三年

地下鐵

聚散即溶
距離痙攣
方向
也有消化不良的時候

在營養欠缺
思念流失的此日
快餐吞嚥的
車子
滯留在敏感的
路的胃腸中

多事之晨

天亮了
我該取水去
給籠中的鸚鵡解渴
惦念牠
在人造的橫枝上
常常情不禁
突喚我的乳名
天亮了
我該施食去
餵那幾條
越不過玻璃界
朝夕默默徊游的魚
在水中尋水
牠們的鱗激動
閃跳不定
曾是碼頭的燈火
又曾是遊子的目光

天亮了

還有咖啡未泡

還有移入室內的花草

未問它們

水土適不適應

唯牽掛

剛進修大學的兒子

每星期日上午

他該報到接受軍訓

想操場上

沙塵欺他烈日欺他

更想他怎不追究

即披起了異國的兵衣

天亮了

妻已買菜去

孩子們匆匆用完了早飯

吱喳吱喳趕上學

在車鳴如刺的曉色裏
個個如鳥飛走了
丟下房屋
空城般的
寂靜傷人

一九八四年

多給夜一顆星

向街上的童販買根香煙
用這小火把　深刺暮色
夜空的痛楚孩子的微笑

微笑地數不清楚手裏頭
我的銀角　他的星星

安靜的日子

如果不崎嶇
路　就不能翻山越嶺
因為高低起落悲歡離合而哼出聲來
沒有盡頭的路
是一條哼不完的歌
老師都回家了
空著的學校　燈光裏
燈光外都睡不著

城市在右邊站著
田園在左邊臥著
推開的煩惱又盪回來
盪回來　像搖籃
搖著
搖著
搖著我們安靜的日子

寺的地址

看這邊日出
這邊日落
那架輪椅
依然如故久停窗前
祖母已不在
它在等甚麼

自客廳至窗口
如生命之短的距離
我常常走過去
常常想
推它回來

走過去
撫它停止滾動的輪
輪上的塵土
是祖母一寸一尺

朝山進香的路
在長窗內尋找
寺的地址

一九八一年

年夕茶

年夕比茶葉黑
比茶葉濃
且飲且品
沖泡了
再沖泡的苦
百葉窗後看對面的樹木
不敢問
山的歲數

只問女兒
後院北風中
她剪斷我
栽植的黃菊幾枝
色蘭幾枝

與你對坐
且飲且品年夕茶

想問
有無一盞茶油燈
燈光可照
遙遠的前夜

一九八三年

考試前夕
——教兒子讀〈滿江紅〉

外無幽林遮臉

內無深山藏心

今宵不眠背古詞

一管日光燈

推開深夜

撼醒課本上

辭源內的每一字

為兒子竟夕解釋

古人的憂愁與豪語

而踱步的

而喝冰凍汽水的

而飲熱茶的

儘在書桌旁頑抗著

那西洋壁鐘

一聲敲一聲

敲落滿室邊城的睡意

忽聞戶外蟲聲四野

漸似金兵又犯境

猛推窗

手在前鹿裏

月在塞外

而門前的圍墻已朦朧

朦朧如國界

欄杆處

陌生的枝葉擾人

盆盆的外國花窺探

風鈴搖痛著

寒露中的一則故事

憑窗望遠

山外無山

鉛筆短短指千里

兒子看不見

雨停當時

激烈的天色

一九八三年

自畫像

如果異鄉是一面畫布
就用水平線
那纖細的線條
畫背景是虛是實的天涯

畫我坐著如一座假山
站著如一棵移植樹
若畫不出我善變的髮
就畫幾片流浪的白雲
畫風雨交加的路
我憂鬱的雙眉
畫我的眼睛
在遙遠的窗口看童年
畫我的耳朵在沙灘上
和千隻貝殼聽海去
畫我的鼻
深深的吸著家鄉的泥香

畫沉默的世界
我緊閉的嘴唇
畫一塊東方古硯
讓黑夜深磨著深磨著
我做夢的臉容
畫我的心
不在屋內

不畫感情
只畫一瀉千年的飛瀑
不畫思想
只看畫中有沒有詩
然後讓毛筆記起我的鬍子
讓鬍子題上了我的名字

克隆黃昏

新聞號外
都也是舊事重提
天地好比未打開的晚報
扔在搖椅上
動盪中

恍惚的門前
風吹草不動

搖落的車窗和賣花女孩之間
殺價與找錢的時候
夕陽如一把冰凍的野火
靜止在街道

二○○一年

我的禱詞

片段的回憶
是殘璋破瓦
若能在蕭靜的時空間
給大家
漂幾朵激情的水花
給歲月
銘心刻骨一下

那麼　祢也可以
在生命的盡頭
忘掉遊戲規則
重新童年一次
再踢起石子
為我把終點踢出現場

把陽光弄出聲來

打睏
將大白天
打出一個小黑洞
一呵欠
又把它
像鎖匙孔
丟去風中

門外
被天空困住的麻雀
興奮的
把陽光弄出聲來
興奮地
如一串
金鎖匙

把愛FAX給誰

傳來了情書
為何不把情人也一起傳來
傳真機除了黑白是非之外
這點藝術並不懂
所懂的
或許是投胎轉世那種浪漫

明淨的桌上
剔透的空酒瓶
插著乾燥花無味的情義
而點燃的香煙
此時都在想什麼
變調的電話失聲的夜晚
無人問我把愛FAX給誰

（舊詩新寫）二〇〇七年

每一次回來

當夢開始荒蕪
語言漸漸枯燥
意識乾涸了
而智慧呢　智慧
竟是一口失蹤的井
我日夜尋找
可是　思想的沙漠裏
只有深深淺淺的腳印

空白地上
寂寞是唯一的足音
鐘秒殘踏
我面目全非
且身心
又有拂不掉的塵埃與茫然
每一次的折還

每一次都像
從自己的骨灰中回來

足球場

走到久別的草地上
白髮的色畫的足球場
心又寬曠了緊張了
沒有人可以攔阻我
奔向搶球的地方
再去搶回年齡
自己力敵自己
這種表演是不需要觀眾的
就讓樹葉為我鼓掌
散場後　情願是
那兩排長木板凳又被人忘記
而沉默　但與勝負無關
靜靜和大地論交情
躺它的土躺它的草
聽它每一寸復活的聲音

一九八二年

兒女

放學的時候
他們踢著石子踢著黃昏回來
比親情更近
比理想更遠
我們的目光
總隨著書包跟他們上學
跟他們回家

回到家中
又要依靠燈光跟他們歡笑
坐在沙發上深陷在生活裏
我們又要勇敢的
看他們的童年
自樓梯的扶手上
滑了下來

一九八一年

兩聲燈光

浮雲掠過人生
群山若有所思
晚風徐徐
好像又讀完另一個日子
緊閉的柴門
如合上的書本

冷清的長夜
天高地遠
幸好　小屋不識字
放肆地
兩聲燈光
喚住了遠行

受傷的歌聲

涉世未深

但日子比沉船幽靜

放棄的記憶

如世外一間無人問醉的酒吧

在傍晚的時候

你　能為暮色彈奏鋼琴嗎

我要用受傷的歌聲

叫醒燈光

二〇〇七年

咖啡桌上

咖啡桌上
陽光退出
結帳後
小費
留下唯一的一點現實

歡笑與喝不完的咖啡提前冷卻
攪亂今夜的是茶匙
像一句承諾
被丟在桌面
在反省的燈下
慾念打翻如砂糖
等待螞蟻
和出沒的秒鐘
搬走

和修女談愛原是一種悲哀

幻想時
容許我躲在黑暗的一隅
容許我痛哭著
以淚珠串起笑聲的回憶

握著三月天的心情
去和修女談愛
原是一種悲哀
那麼在笑聲的內面尊重痛苦
我就準備麻木
準備在時間的廢墟中長大

倒伏在十字架下
多虔誠的我
不是皈依只是懷疑
我的心呀
將怎樣馱背一座教院的沉重離去

固定的方向

在南方　千島間
在芒果的奇香中
被烈日曬黑的皮膚上
憑什麼追認我

憑今夜木桌上一壺茶
我在茶杯中
等江南的破曉

憑我不言不語的胸膛
胸膛間有一片
令人發呆的海

憑四顧無星的屋蓋上
我以固定的方向
想念你們

一九八一年

坦克車夫之戀

沒有月色

只有眼光搖晃著

沒有馬群

只有　一匹未知

在拉車　我不停地揮鞭

用最斑駁的一條記憶

抽打時間　四處尋找

漸漸老去的和平

她

是我的初愛

而戰爭

總出現在

我經過的每一個時代的街邊

當權力的手指又撫弄歷史的琴弦

她　對我跳起艷舞

隨著生命拍子

把政治　一件　一件　脫下來

我　不得不停車
她太美麗了
而且
越看越年輕

夜讀

桌燈
彎下我的身子
為文尋字

一行螞蟻
卻扛著你掉下的餅屑
像詩句
離開桌面

房間曠野

聽見時間要來
我坐在新買的
柔軟如白日夢的皮椅上
微笑等它
轉動椅子我遊望四邊藍壁
平靜的海面
日曆如帆　有去無回
又要帶我出海了
輕搖椅子我無心搖動世界
一杯半杯　咖啡海浪
雖盪起濃郁的
千縷終是過眼雲煙

聽見時間來了
我微笑等它
我徘徊在寧靜的房間曠野
忍受存在

等它怎樣逼那椅子
由新到舊

油畫中的水蓮

畫廊的冷氣降下一陣春寒
斜燈照壁反照來家鄉的斜陽
斜陽中畫框是池畔
把異國的黃昏忘了
我們奔到那水邊
讓荷葉上凝不住的水珠
淌落在自己心中池塘

說我們是油畫中
不能安靜的水蓮
卻不知出於戰亂而不怨
卻不知人花雖異色風情只一種
人靜立由花沉思
要走出畫廊不如走出畫框
跟早春的寒流散去　因你
我不願被欣賞

一九八五年

泡茶

寒舍太小
所以把回憶改成書房
房中唯一的書本
是你愛讀的人間
室內無風雨
人情世事都成了窗外的遠山
寧靜地板上
幾張歲月
是待客的草蓆
等你撞門而至
荒蕪的桌上
枯葉為我們煮夢
月色有香味
深情可以淺嚐
溫暖的燈下
杯子燙手
如掏出來的心

二〇〇二年

的士

遙遠不可怕
可怕的是距離

母親你在哪裏
只要時間是計程車
再貴的車資
我的思念
付得起

知遇

可惜泡茶不是放生

沸水之中
只有掙扎
各種痛苦的模樣
都被看成淫蕩的舞姿
時空街頭
晦澀的知遇
苦笑是花香

忘形不是因為得意
失態亦非對你非禮
是因為沒有想到
我是你千挑百選帶走的
一包不問世事的葉子

二〇〇六年

雨夜

又在繁星燈火相對無言時
偶陣風雨
細說　傷害過後的深夜

而我還是你所責備的嗎
藉口窗外　行色匆匆的現實
那拒捕的
轉身走過的夢

二〇〇七年

信

去秋寫的是車站外
細細密密的千行雨
害你　淅瀝淅瀝
屢夜讀不完
害你望著模糊的遠方
問了又問　泥濘路上
嗜茶的我　為何避在
那家咖啡館中

今冬寄去的是肩上
淨潔無瑕的一片雪
讓你　清清楚楚
一看就明白
讓你感到無色的天地
想了再想　寒風凍心
嗜茶的我　怕冷落你
才常在酒吧裏

一九八五年

客廳

風微雨細
外面才立秋
屋內已冬至
燈光為牽掛而亮起
樓梯呢因等待而斜著嗎
茫茫客廳中
椅桌
書本
筆
靜得像是千言萬語

要我記住
門沒鎖
家是古厝
一間失憶的房子

二〇〇三年

幽徑

幽徑是心裏的話
不能直說
婉約而多情
像首民歌一段小調

二胡把我擁入懷中
長笛短簫為我留住歲月
離鄉背井的吉他呢
替我走天涯

幽徑你這弦外之音
到底是不是
前世我悄悄放走的
那條小路嗎

二○○七年

思念表演

一.

你到另一個角落
去接住我
投擲過去的太陽和月亮
然後再把它們
拋還給我

重覆地
表演著
不停地
以忘掉彼此

二.

其中一個
必須看不見
去站在遠方
彼此共擁的皺紋
才能拉直
掛在對方的眼角上
讓日子往返

躡足在你我之間
那拉扯不斷的
淚光閃閃的鋼索上

使之親睹
自己卻步不前的模樣
這時候　它的心中
必像我們的初遇
充滿快感

流星雨
——懷念詩人平凡

我們的天空已被放棄
受傷的眺望無片雲可棲息
而天地線
依然不斷
在心電圖的藍幕上靜靜地延伸著

夕陽又落錯山了
歌聲戛然而止
一陣流星雨　今晨
停留在窗口
噢
那不就是
昨夜你才解散的一群音符嗎

為昨天喝酒
——悼詩人心宇

為昨天喝酒
開瓶的時候
就聽到　那聲嘆息
嘆息比憤怒更難入喉
暮色又推不掉
要放落窗簾
不如把夕陽釘在壁上
燃燒的窗
由冰凍的眺望
留守

守候
守候炊煙幽徑般走失
你再來帶領我們
繞道往事
穿越村野

從世外走進心中
找一座
等你笑時眯住眼裏
才能找到的修道院

晚禱中
聽哭泣的聖母
責問人生
為什麼
敲錯的鐘是擲碎的酒杯
唸錯的經文是喝醉的昨天

【後記】一九八九年，緝熙雅集舉辦第二屆青年文藝營，我與內人王錦華
有幸被邀請參加，跟著這群滿懷理想的年輕文藝隊伍，齊步向心
靈世界出發。營地繫在甲美地市郊施籠村一間古樸幽靜的修道
院，為期三天兩夜。心宇是這次活動的主持人之一，從籌備到出
發，看她忙碌奔波，策劃內容，安排地點，顧車，聘請講師，到
食宿問題，五、六個月的時間，不倦不怨，依然精神飽滿，笑意
盈盈。在營地的時候，每次講課完畢，飯前飯後，總會看到她穿
梭於營友之間，像隻忙碌的彩蝶，眯著細眼走來向你問寒問暖，
問你需要什麼。她就是這樣一位難以忘懷的朋友。離開的當天，
我們發現院中有尊站著流淚的聖母利亞，塑像栩栩如生，第一眼
就給我感動，一直就想寫一首詩，想不到今天我竟以此寫下悼念
心宇的詩。

相逢之地

和你一樣
我的蒼老
是書攤上的報紙
難懂的漢字

相逢之地
我們只有一種微笑
土地公臉上
那種微笑
這裏的黃昏
是當歸味的
這裏
是飲茶飲不完的
王彬街

一九八二年

看海

在落日的海口
啤酒一瓶兩瓶
數著
蚊子咬傷的
呂宋的日子

熱帶風吹不彎的
石岸
好像是我的話
冗長
而沒有說出
如果此時看海
不如想海
想父親年輕之時
他看過
又想再看的
中國海

秋事

季節換色

樹　也舉手隨風入籍

宣誓後

葉子

和手掌一樣

悄悄飄落

紅豆甜粿

我提早回家
手中提著新上市的
紅豆甜粿
沿途隨著
今午的北風入俗
母親在窗前
掛起一對紅燈籠
妻在門楣上
結好一束中國桔子
你看這樣
何似在異鄉
雖然我們
如西曆上附註的農曆
常忘的日子
但總記得今夜
回來與不回來
也要圍在一起過自己的年

年飯之後
壓歲錢依舊
壓不住今夜的歲月
只好切了　煎了
那紅豆甜粿
分給大家嘗嘗
這粿也甜也相思

一九八四年

約會
——悼莊垂明

把落日
悄悄
還給馬尼拉灣
生命的渡頭
只有歸期
沒有歸人
無言的海岸
痛楚的浪花
人生是逆水嗎
恩怨仍空舟
到此時才想起
不要童年
也不要故鄉
要的　是深夜　無人
是王彬街　大排檔
多叫幾瓶酒來談詩

不要日子
只要星期六^{（註）}
星期六的晚上我們可以不回家

這是約會
不在今生

【註】 四十年前，每逢星期六的晚上，垂明、我，與幾位球友常常相邀赴
舞會，一直玩到天亮才分手。

風鈴（之一）

或讓我臥薪嘗膽
或為我暮鼓晨鐘

或像稻草人在田間
驚退麻雀
那樣地
趕走寂寞

或在都市的腦際
垂釣山林的心跳
或代表天空一點
僅存的水滴
卻對祈雨的大地
懸而不落
如談到中國問題
顧左右而言他

或喋喋不休
甜言蜜語
說服微風
煽動房子
用徘徊
取代流浪

繫於門
逗逗風水
繫於窗
打發時空
以歌舞而取悅人間的
它只是
小小的參與

風鈴（之二）

無論等風等雨等情人
一定要心平氣和
才能夠冷靜去胡思亂想

去等一個試探
或者戲弄而已
還是
去等存在主義的寫實
一個性騷擾

這個問題一直懸著
可置於門外可繫於窗前
當然亦可掛在心上

二〇〇六年

風箏以外

你並沒有像氣球飛走

放手之後才明白
我們之間當時的牽扯
原來始終是一段劇情

二○○七年

宴會

朋友的宴會散了
把笑容像桌椅推回原位
清掃壁角恩怨
恢復地板空靜
莫將感情留下
而忘記帶走如一件外衣
在門後　莫名其妙掛著

順手關熄燈火
然後離去
讓分手像閂門的那聲
清楚動聽

一九八一年

時間河畔
──江南初遊

北風問寒衣
你聽懂冷雨嗎

山嵐與炊煙
霧與夢都在眼前
波光漾漾假山背後
湖中多少夕陽未熄
多少明月猶亮著
那來的簫聲
撥開柳絲千頭萬緒
喚來了天下所有的小橋
橋雖小
但都架在兩岸三地心頭之間
唯獨我的停泊呵
不堪古箏她輕輕一彈
都改朝換代
紛紛化作多情的雨花石了

而我們的往返
古今中外
無非是把步伐還給新街舊巷
把心情還給每一塊
沉重的青石板
然後又把流浪
還給了鞋聲

時間河畔
客船上我不是客
飲酒抽煙等候鐘聲
我不是客
我是你寫詩的時候
寫草了寫簡了的字

北風問寒衣
你聽懂冷雨嗎

二〇〇二年

時間的咖啡

——加糖，對咖啡來說，
一點意義都沒有，
而且是一種欺騙

打開報紙
報紙會為我遮住眼前一切
讓我讀著
讀著昨日

因此叫一杯咖啡
不加糖的
我才敢張望才敢
坐在昨日黃昏裏
等你

二〇〇六年

時間的邊界

煙火是五彩的煙火
歌聲是鬧聲
宴不知是餞行之宴
抑是洗塵之宴
而小孩學大人燃爆竹
大人學小孩驚呼
管它天空突然燦亮
突然漆黑

管它
那邊是憔悴的一九八三
那邊是無知的一九八四
在時間的邊界
我默默的忍受著
片刻的兩種寒意

一九八四年

校園

回去回去
鉛筆擦擦掉的日子
回去課室
翻開筆記簿
一頁一頁的春天

回去再等
水泥鋪過以後
操場上
那棵大樹前
她還是遲到
還是樸實如白衣藍裙

也看看講台邊
跟著老師
唱國歌

一站就數十年的
旗桿

回去回去
定要問一問
黑板上畫的
國土
現在怎樣了

【註】赴中正學院聽詩人瘂弦講學「詩與人生」，身又在學校中，有感。

桌角天涯
──悼湧筆兄

洗硯的時候
把天地間的顏色都洗盡
打翻墨汁
連剩下的半瓶歲月也打翻
在桌角天涯
又把所有的筆
高掛起來

這些筆
因寂寞而搖曳
如風中一排竹林
恍惚的身影
遮住朦朧的前世
而你的前世
為何忽然是今生

海外的窗前

馬尼拉的泥街上
徒有漢人的足跡
但無訪者
唯這海風
故意推開我的大門

在海外的窗前
要獨坐幾代呢
你們的汗在我的額上
我已記不起你們的冬天
寫不出自己的雪景

千年之後
唐朝該是假的
中原飄來的酒香才是真的

可惜馬車無輪
行人無步

一九八二年

真理

真理是美麗的謊言
的私處

使你對它想入非非

笑容
── 贈雲鶴榮獲國際影藝聯盟頒獎
最高榮銜之一

忙於
用手選擇時間
更忙於
用隻眼偷看
無聲的世界

從縮小的門
到放大的窗
你在每一個角度上
欣賞人生

而知道
懸掛壁間
框內的笑容
總比語言
令人易懂

茶葉

陽光照不到
蟬聲穿不透的
鐵罐裏好似深山無歲月
半點音訊都沒有

我是茶葉
是寄不出去的家書
被捏成小紙團
丟在心中

而且
滿懷恨的味道
又傳說為
與世無爭的清香

二〇〇二年

討海

只討一條船
想不到
還加上兩條岸

這片深情
不是海

二〇〇八年

針線

一片綉著花的天空
端坐一個少女
遲遲舉起落下
手中針線
穿過時間
刺痛
手帕上
我從前的名字

除夕

倒數聲中
煙花的歌詞風的手語
歲月在破舊的星空下叫我

過年不是趕路
為何匆忙慌張
像只老手錶不走了
找個地方坐下
露天咖啡屋還是
不打烊的西餐廳也好
買杯熱飲
或半碗濃湯

今夜是除夕
分秒不爭的晚上
至於加糖或不加糖
日子由茶匙去攪拌

馬尼拉之晨

熱情如早熟的芒果
馬尼拉的日出是一聲
比一聲動人的歡呼
叫醒高樓矮屋以及
戰前的每扇舊木窗
聽吉他彈著
巴石河水淙淙入城
看農夫已把殖民地
翻泥耕成了家園
而讓水牛的角把戰爭的仇恨
彎向眼睛的後面
漁夫自海上歸來
等不及黃昏醉
又急和海岸打賭
日落以後落日的方向
孩童賣慈母手中線
串成串串的茉莉花

在這芬芳的日子裏
有人在樹木上
雕刻古人的驕傲
有人用籐竹
編結下一代的椅子
任由這些熱情的汗
自祖先的額頂流到他們的背上
坦白如破開的椰子
馬尼拉的日出是一聲
比一聲動人的驚嘆
也叫醒上帝
看教堂的門口
還有數不清的乞丐
伸手在人間
把日子捏出一把一把的冷汗

一九八一年

馬車多情

時代歌與水泥街
交叉的十字路口
馬車打身邊走過
它沒有看見嗎
我著急的在揮手

暮色已自蹄聲中來
蹄聲卻在暮色裏遠
莫非更遠處
有另一個遊子
更著急在叫車

一九八五年

寄語

在愛情的小村莊
我不是一個流氓
一個地痞

老廟內
有我夜夜心願
叫一聲菩薩呵
燒三柱香

斜塔比薩

只有你　這樣站著
才能等到永恆
教天地傾心

我　也是飲者
也懂得如何閃身讓路
給時間走過

晚風

晚風暗中推我一下
不使落日　落在心上

情義之夜是不屬於日子的
我想
和你
泡壺茶
在畫中

二〇〇七年

晚歸

理由像風中飄忽的那條斷線
但它卻是深夜回家
唯一的一條路
我要如何跬足
穿越不安
走過這座無言的城市呢
在自我失蹤的黑暗中
用藉口
吹口哨
以壯行色
在呼機的星光中
若隱若現的追蹤和譴責
道歉是難度極高的演出
在鋼索上
閃躲每一步自己慚愧的腳尖
從毫無根據的起點

到不知所措的終點
匆匆向你奔來

晨跑

不是晨跑
而是逃跑
因為
隱藏在前面的時間
已經撥開草叢
逐漸的
向我
露出它的箭頭

一九八一年

晨霧裏

先是煙後是雲的幽徑間
腳步落葉聲
無緣無故驚起深秋裏的風
輕微時吹衣
凜烈時澈骨
在抽象的時空
相遇而不敢相認
相認而不知誰是人
他們在散步
不像是散步
曉星模糊枝椏朦朧
而你在如謎的樹下
艱難轉身
向天地打手語
招招本是太極
左有雲手
右有多情的手

可抱也可揮夢中的琵琶
筋疲力竭每一掌
偏想推開
這如封似閉的人生
明知是茫然

前不見路的
後不見家的
草地上
我跟一群少年晨跑
而那群少年忽消失
留我在世外
看自己逃生
心跳怦怦急促而癡
汗已滿臉　漸漸的
我已不識寒冷

在陽光無力猜透的歲月裏
我在追似在玩

一九八四年

淺溪

你彎彎曲曲踱步來
自言自語去
和我相同
是一種經過
和我不同的
是路途

你雖淺
我看不清楚你的思想
不曾駐足
不曾問路
是因為你無情

即非少女亦非少男
你流著
未必是眼淚
好像我

茫茫遠眺的
不一定是往事

你孤獨如人
我激動如溪
你去深不能測的明天
我呢
想直流北上
即使成為一條
不動的冰

一九八三年

清真寺外

彎刀　削不尖寺院的屋頂
戳不破寂靜的宇宙
冷清的天邊
不堪駝鈴輕盪
響起一排花開的聲音
喚來了昔日的繁華
遠去的歷史
像一隊商旅
越過風沙
悄然回到城下

深夜讀詩

有雨聲無雨點
恍惚聽見
你在讀詩

又是萬箭穿心的星夜
隔世的星光
好像隔壁的燈光
我
也想讀詩
才半首
天已亮了

異地

天還未亮　現實的汗巾
又在父親的臉上
擦乾他每夜的夢
然後又像一條沉重的責任
披壓在他的肩上
未等晨風拍門
已把店門推開
他依然把店錯開在故鄉的外面
聲音沙啞隔一片汪洋
竭力招呼生意
可是眼光卻如兩條鬆散的鞋帶
又要再細心的
重新紮緊兒女的鞋
跟著他們無知的步伐
橫過馬路上學去
而下午是最長的寂寞
算盤總結算不出

抽屜內虧損的年齡
和凌亂的鄉愁
問著天花板一片空白的天
希望突然有人
和他在棋盤上論世局
從淡淡的茶到濃濃的黃昏
和他輪流掌管江山
等落日關店
然後拖著一雙拖鞋
到處把夜拖長了
邀朋友將唐人街切成
一碟烤燒的臘肉下酒
在風味上回家鄉
提起酒一杯一杯千山萬水
各人自飲各人的心情

一九八一年

眼光

眼光是窗角的蛛絲

結成網
是為了捕捉飛走的等待嗎

舊作新寫於二○○七年

眺望

如何眺望
也看不到妳
母親　妳知道嗎
天空每夜扔掉的星子
其實
都是我的眼睛

眺望的罪

放下窗簾
風景慘叫一聲
夕陽即
滾向早晨

窗口　安靜如
黃昏的斷頭台

野花

浪漫加放肆
綻放等於燃燒
像深夜顫抖的野火
風的懷念
我
就是如此陌生
街舞一樣
對你
有意外的親情

二〇〇七年

野草

沙灘上
在嘆息未變為風的
一片白沙中
貝殼只有一半的回憶
椰樹　伸著長長的夢
在起落的浪聲外
葉子張開
每次都不像帆

而我是
候鳥的翅膀
種植在海邊
一堆茫然的野草
直望天空
雖有長短
但都是鄉愁

一九八一年

富士山

遠遠問去
富士山彷彿是
入定的白髮高僧
向四面的歷史面壁
我問他
已參透了嗎
武士刀的禪機

寒風回答我
以切腹的聲音
雪一般的清楚
仇一般的簡單
還未參透
連櫻花的淒美
他也參不透

一九八二年

尋味

往事不是茶
涼了
不能喝

茶亦非往事
為什麼
每一口
都耐人尋味

二〇〇七年

殘曉

沒關好的窗
裂口是道小刀傷
燈光如血
自斗室
染紅天涯

劫後的黑夜
為何突然如此蒼白呢
寧靜中的疑點
原來
是閃過的兩隻鳥

舊作新寫於二〇〇七年

焚

首次感動我　眼淚以一種美
在船笛的下面
我們討論著愛
在妳的面前　我一點也不含蓄

才逃離歲月的不安地帶
投荒者的睫下已是滴滴的歸
趕快把懊悔升上桅桿
妳的小窗燈在南風中憂鬱
妳的日子在船底起浪　在死
在雲裏　因紅色肯定了黃昏
否定了方向

一時屬於呼喊的都想把羅盤弄碎
此去快快　流水也快快
妳把雙眉鎖起自己
再把長髮任意揮動　撩起時

自肩上掃落幾根長長的孤獨
從此一岸上的海風都是訊息
而船桅安在　而船桅安在

在多煙的山裏　我走寂寞的小路
而從東半球南部的某一點
我靜靜南下
親人　我仍在赤道之北
仍在多煙的山裏　砍阻隔視線的林木

雙手緊抱著時鐘慟哭
以這份光榮去換取那段時間
想再提起妳的門環
憤怒自己位置的錯誤
又想到　那與我犯愁的眼睛曾活我
那唇與胸是我午寐的地方

小窗前　妳正需要我小心的造訪
叫傳統讓路　走過去
挽起第九度的緯線
把歸心射回蒼茫的大海

射穿　門外兩星期的豪放
而燃燒妳的　除了這些誘妳的死亡

無眠

是誰謀殺夜

眼光閃閃
坐在床上的我
是夢的屍體上
露出的
半截匕首

無期
——懷念湧筆兄

你的離開這個事實
是我一直按錯的號碼
拿起電話
我的手
就像你贈送的盆栽
顫抖的枝葉
委屈的樹林　盤根
錯節抓住黃昏的岩石不放
希冀在最含糊的時刻
接通過去與未來

而重覆的期望
每一次
都扭曲成無期的等待

一九九七舊作新寫　二○○七年

無題

看見我瘦成一枝筆
在寫詩
飛蛾的心
便生在蠟燭上
看見完成了的詩
以為它是筆寫出來的
一群馬便豪爽的
怒奔而去
把自己跑成了風塵

一九八一年

然而

我的流浪
已悄悄停在你窗外
深情地
像一條小街
然而
吹熄的黃昏與路的盡頭之間
新仇舊恨
星又閃起
難忘的蹄聲

二〇〇九年

琵琶聲
——聽呂秀菱在菲律賓廣場大飯店獨奏琵琶

夜靜星星私語的時候
琵琶聲聲起於現在止於古代
如故人腳步急促重提往事
斷斷續續著我們的關係

今夜的人漸漸年輕
錯愕如兩扇大門玻璃上的月亮
透徹看著水泥岸上的冷風
洗冷我心中歷史的醉意

琵琶聲聲洗盡烽煙洗去一身國籍
洗清楚我原是一雙久別的手
輕撫著無眠的客地
瘦瘦十指沒有一指不寂寞

短詩十一行

星空舊了
去時空之外尋找工作的想像
是一群失望又現實的鷹隼
回到紙上與饑寒窘迫的筆尖
爭相啄食我的近況

有人已代季節寫完最後的家書
正是月夜　靈感零下
當全世界的窗
一起噙住彩色眼淚的時候
我依然無詩
給聖誕燈背誦

窗前

路燈昏花
如一老人
搬不動深沉夜色

逆著星光
我張望
看不見昨日窗前

昨日的窗前
母親在等我

二〇〇五年

街頭巷尾

現在只有古董店
才能買到童年
這種真品
只能偶然
去問一問而已

人生的街頭巷尾
依然熱鬧啊
只是口袋裏的年齡
兩瓶假米酒
恐怕買不起了

雲

我是陌生的雲
與世界偶然相遇
我的眼睛
是天邊連接出去的沙漠
是被拋遠的星月
是忽然而來的日出
是可以看見的夢

我也是逆風的雲
與人類擦身而過
我的手掌如老朋友
摸摸那虛幻的頭髮
拍拍那頑固的肩膀
然後在歷史的路上
留下幾種不同的雨

一九八一年

愛情

把手指折斷成樹枝
在荒涼的冬天
為你起火

在比心更深的地方
築蘆舍
和你隱居

一九八一年

煙灰缸畔
——懷詩人林泥水

看不清楚人間
可用打火機悄悄對話
在黑夜　甚至白天
我們本來就是煙灰缸畔一群
聚聚散散　迷失了
又回來
繼續辯論的螢火蟲

辯論著　茫然是陣陣的
污染　怎樣環保呢
辯論地球
這宇宙的小劇場已滿座
昏暗中
點亮的萬寶路不是手電筒
能為神鬼找到坐位嗎
辦論思念一段接一段焚燒的時候

那鮮焰　是不是

夢中野餐後的甜點

辯論虛無主義到底是誰的情婦

為什麼在她的無名指上

戴著我們的紅寶石

辯論著

雲的血型

和我們的關係

除了與星子之間

有種族歧視問題

其他的事即可迎風而解

因交換的都是灼見

談吐的盡是肺腑之言

只是我們還有未完的爭執呀

你卻另以糖果

改嘗時間的苦

看不清楚人間
可用打火機悄悄抗議
在黑夜　甚至白天
我們本來就是煙灰缸畔一群
聚聚散散　迷失了
又回來
指天畫地的螢火蟲

照片裏

舊的陽光

空白的地上

石子如棋子

蟬鳴在催促

沉思不走的公路

對著村口

悄悄落葉的秋林

而右邊沙灘上

有船在聽

大海在解釋

浪不能

颱風也不能

搖醒午睡的漁村

當每間房屋

每條巷每口井

連田裏每粒蕃薯

又在一起
夢著南洋

一九八五年

落葉

放棄一生的眺望吧
葉子
悄然俯耳地面

不告而別
那無聲的飄落是變節嗎
尤其是
日子放不下
風景被看破的時候

二〇〇六年

葉

當蝴蝶離去
自枝的刺尖上
踏過花的時代
風便喚不回斑爛的日子
深秋了
沒有他們雖然有森林
我卻不成蔭

在山徑的兩頭想他們
陽光便漸漸無感情了
如無腳步聲的冬天
想去尋找他們
我要在燕子的背上出海
沒有方向也要像樹
永遠在這裏錯誤了千百年

一九八一年

詩人的妻子
——吻浪小屋悼平凡

用你留下的窗口
把大海傾倒出來

她在翻找什麼呢
是共擁的浮沉嗎

跟時間吵架的孩子
──悼林大哥泥水

今天陽光為什麼蒼白

好像外面正在下雪

你　還是來了

提前一下　讓時間遲到

我們無話可說

只怪你粗心大意

竟忘了把自己帶來

不像從前

你總是忘記帶年齡

因此

被罰站　唱歌

就像一個跟時間吵架的孩子

永不認錯

圖中買鳥

在雨裏　在霧裏
處處炊煙的山中回來
偶也　回首車窗外
在那急退的景色間
我看不清天和地
而天地自迷茫
當也認不出
這些飄逃飛離的
那一片是他們的閒雲
那一片是我的悠思
回途上　山腳下
村童不停叫停車
敲車窗賣山鳥
山鳥掙扎揮翼揮翼
憤打村童的手臂
淒啞淒啞悲鳴
夕陽坐在樹林外

横望狠望過來

車外　風是刀雨是箭

悄然的山影冷冷的

都在屏息靜觀

我如何下車買鳥

這種黑羽紅額又黃啄

又深藍的爪修長

不是鳥便是仙

剛才多想帶去

現在反想放走

在望後路的車鏡中

我看見我

我恨我是買鳥人

黄昏漸紅似野火

燃燒兩邊交頭接耳

謠言紛嘩的枝葉

默默無言是山村

只有無知的暮色無知

掩護我們離去

而攔路的野草依然攔路

車子輾轉

忽已走出畫外
忽又走入畫中

圖書館

約我來借書
在圖書館裏
清靜卻不許談情
坐在燈下非月下
依偎在偶有書香
而無花香的故事之旁
如果坐久了
我們會不會
像這些椅子對椅子
愈相處愈陌生
約我來借書
反被書借去
並不憂慮
排排書架遙隔的
另一山中
你會忘情於
中外古今

一本又一本
名人的傳記間
也無須牽掛
當自己又在
中國近代史上
每次戰亂我必受傷
而與你離散
各處一窗了
我只擔心
我會忍不住
一直眺望故國
而忍住了
對你的思念

一九八六年

夢的租界
──上帝與蚊子不准進入

曾經是床
何為滄海
莫非人在絲綢波浪中
身心失衡
轉瞬間
就靜悄悄是千年沉舟

時間瑰艷如野花怒放的熱帶魚
成群嬉戲
紛沓穿游在我們空洞
清淨的耳眼間

那是燈熄之後
小試生死時
月色初白
溫暖的棉花枕變成淒清的小碼頭

對酒當歌

入夜之後
就不須要拐彎抹角
因為
無人的街
騙走整個城市

所以對酒之前
先把回家的鞋聲
寄放天邊
帶點歉意
當作曉星

二○○六年

罰球

一.

因原罪　而被處分

一粒罰球
如同不安的流星
被安排在
我失序的窗外

二.

該以那種身手
才能撲救
十二碼那顆
永遠讓自己誤解的頭腦

蜘蛛

痴情地　走近去
望著歲月臉上的美人痣

希冀能在死亡的角落
再次看到生命的衝動

遠方
──燈下悼平凡

深秋在深夜趕寫回憶錄

星空隨冷雨碎落大地

大街小巷

因你的剎車遂一成斷句

當椰樹散髮

在你家的門前奔走

停筆的窗內

眼淚把書桌看作

無人的遠方

遙遠

人間天堂的距離
怎樣也不及
我們之間的遙遠

但是
遙遠不可怕
可怕的是距離

寫信給母親

蝴蝶是郵票

只要星光出聲
住址
可以問窗外

二〇〇五年

稿紙
——給父親

雖然　表現不好
我只是你的詩
詩的初稿
你很珍惜
一直細讀著

如今　你不在了
我已全身摺痕
被孩子拿去
摺船卻不滿意
摺飛機也不喜歡

一九八三年

蝴蝶之步

公元一九七五年，我懷抱父親的骨灰，默默的從
長城之畔的北京回來，正是秋的季節，當他老人
家宣佈要同母親，二妹他們三人遨遊祖國的名山
大澤的時候，那喜悅是充滿在家的每一角落，想
不到十月十日他竟在暢遊之時突然長眠於北京，
而在八寶山仙化，此詩寫於一九七五年十二月，
為父親逝世百日紀念。

天安門前猶掛著你長長的鄉愁
那像在你眼角上
皺了許久的慈愛一樣遙遠
飲盡了那最後一杯酒時
你卻欲與北國的黃昏一同作夢

正是北方紅柿子滿樹的秋天
故宮城護城河之水
靜靜流著
靜靜圍著

靜靜圍著
比我想留住的秋更無言

而我想留住這一季
這一季
使我在人類的走廊上突然的跪下
在落葉飄紛的枝椏間坐著如石
在草燈心上要頓覺千年

是爐香的煙已不是煙
千萬的私語是一柱又一柱焚燒的手
敲叩各處蒼天的門
像孩提的夢
不停地弄亂你整齊的灰白的髮

這一季是寂寞的路
我以蝴蝶之步

走路的寂寞
殷勤的走過那走過的曾經毗連的森林
或者能像樹一樣地停在那裏

從歷史磚石的隙縫中
躊躇的　匆匆忙忙趕穿而過
窮目望來長城路
到處都是你的足跡
到處沒有你的笑聲
而我依然在你的背影裏
千隻眼睛伸手抓千種時間
自己追逐自己
如飛的姿態停住了
我已是一片生了銹的雲

淚的內面何其難忍的是一條瀑布
淚的外面何其淒迷的是碎了的鐘聲
門階上擱置數不清的夕陽
海會塔前空白梵音迷途上
不停婆娑著八寶山的松葉影

而你在哪裏午寐
佛珠是一串無開始無結束的呼喚
我尋不到一粒能吵醒你
吵醒你回來和我們圍坐
再渡過從前任何一個傍晚

想綠茵草上的日出
再與你散步再與你散步

踏雪

一.

富士山上踏雪

越踏越深入歷史裏

又見　一隊日兵

在踐踏家鄉的雪

我把毛衣脫下

保護懷中的妻小

讓自己的肩背

抵擋

寒風刺來

幾十年前的那排刺刀

二.

富士山上踏雪

遊伴問我

要一口日本清酒嗎

抗拒這難忍的異冷

我不喝
貿然喝了
胸中的故土必燒盡
不喝酒
但要拍照
就在陡坡上　拍一張
我站在歪斜的清白裏

三.

富士山上踏雪
我踏它
它凍我
我們望著天空
天空只有雲煙
沒有恩怨

一九八五年

獨飲

果真沒有一粒花生
能剝開異國清脆的殘曉
而桌上的月光
已經三寸厚了

糖果

下班時
不忘多買些糖果
孩子們該已放學歸去
我半走半跑回家
儘管車來了
濺滿我一身人影
儘管街彎路轉
幸好　回家的方向卻是直的
在淡淡的飯香裏
看他們讀書寫字玩笑吵架
在電風扇吹不散溫暖的
燈火迷濛間
看他們吃完桌上的糖果
又再貪婪的凝視著
屋外的星星

夜深時
先飲酒後飲月光
他們在夢內我還在夢外
燃煙抽煙
吸憂鬱吐蒼涼
在他們丟書包丟遠的角落裏
我默思而長坐
長坐也不能解答
時間這條簡單的算術題
在電風扇吹不散溫暖的
燈光迷濛間
翻相簿如溫習功課
閉目而如背書
我像是一個聽話的孩子
但渴望的要吃
是照片中的糖果

一九八四年

靜

半昏迷的地板上
星光爪痕的盡頭
一隻貓
如一團棉花

按住了傷口
止住了聲音的血

擱淺

書頁翻開午睡
鼾聲把人綁走
於是
斗室如空舟
擱淺在桌上

聲音的後面

夕陽無限好　只能帶我

走出眼睛

悄悄　步入無人的書房

昔日的寒風　替主人把門拉開

把門關上　卻無力為我翻一翻

一本小詩集

黃昏好近　如一排

情義已失的空酒瓶

無緣無故又從回憶的桌上

紛紛跌落　玲瓏墮地

一片靜　碎成千種冷

而鐘擺所擺盪的是牆壁間

每塊空心磚的心情

不知該把生命盪向何方

只有秒針的指尖

準確的　點破事實

所有的燈火莫不相望而明滅

神色如雪櫃中的啤酒
結冰之前
在這些聲音的後面
還可以與窗外的夜雨
款款深談

隱藏的瀑布

在林蔭　綠色的深夜
陽光像追蹤的
千把手電筒照進來
透過層層的葉影
透不過重疊的山靜

微風尚未吹散歲月
鳥聲已經把我推入山中
在樹後隱藏
只為了躲避身外的
那些喜怒哀樂妒

幽徑走來竟像一聲嘆息
而指給我看　它的心裏
自己的心事都藏不住了
說不盡的話
像失口的江河

【註】位於馬尼拉市之南，只需兩小時的車程，有一座景色幽美的原始
　　　森林稱為HIDDEN VALLEY。山內有大小溫泉池遍佈各處。沿著一
　　　條山徑走到它的盡頭，有一條傾訴不停的瀑布，非常迷人，名叫
　　　HIDDEN FALLS。

韓國泡菜

政治立場與民族情懷之間
只剩下辣還是不辣的問題了
過去的事
總有眼淚的味道
酸和鹹更難分辨與分辯
而現在逆喉的
是語言而已

是談判桌上血跡斑斑
飯前一碟紅椒泡白菜
關外醃不透的夢
歷史捆不牢的翅膀
是千山萬水
筷子輕輕夾住的飛翔

（舊作新寫）二〇〇七年

舊地重遊

是忘詞或者放不下
是尋人或者失物呢
舊地重遊
或者只是自責而已

踩上心頭
腳步在痛楚與感激之間
匆促又感人
零亂而動聽
人被影子推開
風又抓住衣角不放
空間換作時間
老歌就開始流行起來
問題是
今年的老歌都是新街道
整個晚上
找不到一個中國城

二〇〇七年

舊地訪友

三年來初次探訪莊垂明，他的父親於四月間不幸
辭世，當時我不在菲島。回來後，即往慰問，他
以名茶接待，身處舊地有感

登樓訪友
不忍快步上樓
舊木梯
本是短短
短就不像往事了

手心拍門
手心推門
推開一室
仍在靜靜爭論的桌椅
這門聲呀
非今日的門聲

尤其那門後古鏡
猶掛在當年
照今午
兩次泡茶人
兩次都分辨不出濃淡
如我如我

一九八三年

舊情綿綿

每登上一段樓梯
便走入另一層心境
沿著每口窗所瞥見的
每扇玻璃每個世紀
眾生已經顛倒
萬物已經換位
而為什麼　我們要
緊緊抓牢同一張桌面
在分秒聲中
飄泊浮沉
相依為夢
直到寒風把地球吹遠
直到細雨綿綿
已經星光悠悠

直到甘酸的檸檬汁
剩下一口苦澀的語言

直到初熱的咖啡
留不住漸冷的秋夜
直到　雪糕融化
而年齡不見

直到茶匙掉落地上
我們才推開椅子
俯身拾起各人的名字
才想到　門外的世事
霧已經濃露已經更重了
而樓前的那株老樹
葉自黃　根自情深
隨風雨生死只想等待
為我們等待
還在流浪的故鄉

附：「舊情綿綿」是台北中山北路一間異國情調咖啡屋的店名。
　　十月十三日晚上，蓉子、張香華、林佛兒、張默、向明、
　　小華、白凌、施碧玲、王錦華與筆者等十人，在那咖啡屋
　　最上面一層，圍著兩張接成一張的桌子，擠在一起飲檸
　　檬，吃雪糕，喝咖啡，聊天至深夜。返菲後，難忘當時情
　　景，借這店名為題，以詩為記。

離情十九

海風　手語
和方向打結的碼頭
解不開離情
只解開了涔涔船纜
船　走了
像鞋子　一隻一隻
失散在藍色的沙漠中
留不下鞋印
在人影和青苔
百感交侵的岸石上
給群山　千里沉思此事
給眾星　萬年回憶此時
任燈火冷暖　潮汐悲歡
只留下這些眼睛
向那片巨鏡激動
凝視真相
像一隻一隻逆水歸舟

劃入深處寒夜
穿過盡頭月光
去看心裏自己的景色

懷念

喝咖啡
就想飲酒
找個偏遠的角落坐下
最好靠近窗口

偏遠的
才像夜闌人靜
靠近窗口
有時也可看一下
外面的另一個世界

可是今夜
懷念是指責
無味的音樂
失約的酒吧

二〇〇五年

霧

把世界
用塑膠袋包好

上帝要TAKE HOME

聽雨

坐不能回答桌上
漸疊漸高
如年齡的書信
站也不能追問自己
已經一大堆
如賬簿的年齡
當四面打字機的雨聲
又在誰的
一生白紙上
錯字不停地落著

鷹問

俯衝入記憶
往事
都成了水泥樓房鋼骨大廈
僵化　冷漠的樹林
空不出一塊草地做我的餐桌
偶而發現　令人雀躍的莫非又是
另一個高球場　或者足球場
這點綠　對我來說
只是瞳孔縮小後
逐漸放大的空白
當你必須面對虛無
總不能只盤旋　不解釋
終日在罐頭過期的大腦中
啄食自尊　想不通的時候
翅膀握自我成拳頭
問問白雲　我是否走錯房間
或者該到太空行乞
還是移民鳥籠

附　錄

有山有水的月曲了

九　華

　　觀其人：穩重如山，深邃泰然
　　讀其詩淙淙流水，情醇意遠
　　山水相共，蜿蜒出世間多少的——
　　喜、怒、哀、樂……

筆墨傳真

小　華

　　月曲了，好玄奧又詩意的筆名，這三個字難免令人猜測、思索，腦海即刻浮映蒼穹上的弦月，是上弦月或下弦月的曲象，反正它不是「月圓花好」的代名詞。也許他取各時正心情悽惻地悵望黑空中的彎彎月亮發愁吧！抑或是詩人他故作玄虛。華人一般的習俗，新生兒必先看生辰、八字，看五行中金、木、水、火、土，缺乏什麼才命名依附鎮補，若隨俗的話，詩人應該擇用能舒暢心胸，反擊逆境的名字來彌補，何必月曲了，為何不圓了！？

　　認識月曲了是在中正讀高中的時候，當時課餘時間，偶爾會發現他與王錦華在欄杆、在走廊、在阿加捨樹下並肩竊語，有情人情竇初開的笑顏，使旁人感染到一份被愛的甜蜜。如今，恩愛夫妻的他們，同舟共濟，塑造了一個美滿溫暖的家。同窗之誼結成深摯夫妻的淵源下，加上對文學的共同愛好，重重的關係，使他愈深情篤！愛愈堅固。我最欣賞他們歷久彌新的柔情，確是天造地設的一對，在此祝福這對文壇夫妻檔。

　　十五年前，外子國棟病逝，月曲了寫了一首悼念詩〈天色已靜〉，這首哀怨悽美的詩篇不止深受菲華文壇的好評，更是兩岸

三地詩壇的肯定，之後被選入台北爾雅的「年度詩選」與「新詩三百首」。

國棟離去，家格外淒涼，我悲慟異常，舉筆畫了一副寂靜黑矇的天色，同時把「天色已靜」抄錄於畫中，入框懸掛寢室自我欣賞，就如詩句的最後兩行：「住在回憶裏　不再出來」。

月曲了，溫文爾雅，是知情和感情的凝體。他沉默寡言，一臉深思的神態，給人有種傲慢的錯覺。月曲了深沉不露，淡泊名利，為人幽默，常在話題中道出一句幽美深長的話語，讓我回味無窮。月曲了純孝、純愛、純樸、純真，「家」和「詩」是他的天地。

抄錄一位詩人給月曲了的評語：「詩言簡意賅，他文字的音樂性和意象的擴展性，造出一首詩的無限延伸，令人感覺到詩耽於『美』的溢出。」

一個人的為人處世，言行舉止直接給旁人有共一的感覺，這就是文友言下的月曲了；這不是歌頌，不是吹噓，更不是奉承，而是感覺授與的筆墨傳真，一張真實漂亮的立體寫照。

月曲了現代詩十首點評

毛　翰

　　關於菲律賓華文詩人月曲了先生的詩，評論界已有不少研究。一部《月曲了詩集》，前有李元洛、張香華等人的評說，後有張默、蕭蕭、朱立立的論述，研究已十分到位。其中朱立立的論文題為〈在家的感覺──解讀月曲了的詩〉，又見於《世界華文文學論壇》二〇〇一年第三期，從鄉愁主題切入，論述頗為精當。其文章寫道：「月曲了的詩瀰漫著深濃而苦澀的鄉愁，曲折纖細又純粹素樸地抒寫了想像性精神還鄉的心靈活動，常常揉進了尋常人生體驗的酸辛和滄桑，貼近日常生活的真實情境。他的詩還將個體生命的別處體驗融入以親情為核心的族群情感，並透露了華族文化習俗鮮活柔韌的民間生命力和海外華人傳承薪火的本能。」

　　我欲再做月曲了詩評，已有「眼前有景道不得，崔顥題詩在上頭」之感了，於是想到避開整體研究，且作單篇評析。正好，見到網上流傳月曲了詩作十首，當是作者自選，或是fans為之遴選。讀之，果然好詩，就來鑑賞這十首，與讀者諸君分享其詩中美蘊吧。

月曲了，本名蔡景龍，原籍福建晉江。我現在供職的華僑大學與之相鄰。這也讓我對詩人更多出幾分親切感。每當海天生月，無論月圓了，還是月曲了，都會讓我想到大海另一端的詩人。想到他的詩……

天色已靜──悼詩人王若

　　　你淺酌豪飲
　　　沒有理由和未來乾杯
　　　盡乾了　這瓶
　　　好苦澀好甘醇的人生
　　　醉不成藉口
　　　而未回家
　　　你是去了哪裏
　　　我們問執情不放的筆
　　　又問空白的稿紙
　　　只不敢問風
　　　也怕問樹影

　　　今夜　天色已靜
　　　你穿過上閂了的門
　　　你穿進落銷著的窗
　　　看到等你的人還在等
　　　伸不出什麼
　　　也要伸出一隻手

去撫摸她憔悴的臉
而你的手
她以為
以為是冰冷的月光

今夜　你回來
步不成聲
星光替你踏入家
家是比天堂溫暖的
雖房間的燈火
照得你好痛
你也要留下
走入她的眼睛
住在回憶裏
永不再出來

〈天色已靜〉點評

悼念友人，召喚亡靈，由物是人非，人去樓空，想到酒醉未歸，想到深夜回家，情懷的抒寫極為自然，全不用刻意的構思謀篇。亡友也是作家吧，「執情不放的筆」「空白的稿紙」，信手拈來，都是妥貼的意象。筆的執情不放，反襯人的輕易離散；稿紙的空白，見證著人生未竟的事業。而「不敢問風／也怕問樹影」，這兩句也持之有故，因不肯相信逝者已逝，怕風、影之傳言有誤，所以不敢相問，人間不是屢有捕風捉影之誤嗎？接下來，「穿過上閂了的門」「穿進落鎖的窗」「步不成聲」等句，

描寫想像中的亡靈歸來的情形，都很傳神，「家是比天堂溫暖的」一句極見情真。

房間曠野

聽見時間要來
我坐在新買的
柔軟如白日夢的皮椅上
微笑等它
轉動椅子我游望四邊藍壁
平靜的海面
日曆如帆　有去無回
又要帶我出海了
輕搖椅子我無心搖動世界
一杯半杯　咖啡海浪
雖蕩起濃郁的
千縷終是過眼雲煙

聽見時間來了
我微笑等它
我徘徊在寧靜的房間曠野
忍受存在
等它怎樣逼那椅子
由新到舊

〈房間曠野〉點評

　　分明是形而上的生命感傷。時間會讓一隻新買的皮椅「由新到舊」，時間也會讓我們的生命無可挽回地折舊。雖有房間，生命仍然在曠野，無依無憑，無任何庇護，一任時間的摧殘既然不可抗拒，那就「微笑等它」，等它光臨吧。這裏，詩與哲學相通。

　　「房間曠野」是一新奇的意象組合。「柔軟如白日夢的皮椅」，以抽象喻具體，正是所謂遠距離取譬，頗為高明。「日曆如帆　有去無回」，巧妙的喻象中透著無限悲涼。收束之句「等它怎樣逼那椅子／由新到舊」，其中一個「逼」字亦頗見力度。

　　《世說新語》載，竹林七賢之一的劉伶常常縱酒放達，或脫衣裸形在屋中，人見譏之，伶曰：「我以天地為棟宇，屋室為褲衣。諸君何為入我褲中？」他那「天地為棟宇」之說，有哲學意味，更多的卻是調侃。月曲了此詩的「房間曠野」的意象無意調侃，但見哲思。

稿紙──給父親

　　　雖然　表現不好
　　　我只是你的詩
　　　詩的初稿
　　　你很珍惜
　　　一直細讀著

如今　你不在了
我已全身摺痕
被孩子拿去
摺船卻不滿意
摺飛機也不喜歡

〈稿紙〉點評

我是父親的詩稿，傾注著父親的心血和希望。如今，父親去了，這稿紙也已滿是是折痕，滿是歲月留下的皺紋，孩子們卻不珍惜……

一個事象描述完畢，不加任何闡釋。是感嘆時世變遷，感傷一種文化危機呢？還是自責教子無方，自嘆無力挽回世風？作為海外遊子，應該更是痛感客居他鄉欲做文化堅守的困難吧！詩人卻惜墨如金，不作一字闡發，留待讀者自己去思考。

聽雨

坐不能回答桌上
漸疊漸高
如年齡的書信
站也不能追問自己
已經一大堆
如帳簿的年齡
當四面打字機的雨聲
又在誰的

　　一生白紙上

　　錯字不停地落著

〈聽雨〉點評

　　聽雨，又生發傷逝傷老的生命感嘆。四面的雨聲，與鍵盤打字的聲音，是如此的相似，我的大半生就這樣劈哩啪啦地打過來了，如陳年的書信、賬本，誰的一生又在這麼劈劈啪啪地打著過去呢？

　　聽雨，是一個傳統的語象，文化積澱很深厚，前人早有聽雨樓、聽雨軒、聽雨閣，慣聽雨打芭蕉、雨打梧桐、雨打荷塘……賈島詩云：「病起望山台上立，覺來聽雨燭前吟。」李商隱詩云：「秋陰不散霜飛晚，留得枯荷聽雨聲。」溫庭筠詩云：「春水碧於天，畫船聽雨眠。」聽雨，往往會生出許多人的感傷。

　　但前人聽雨，不會聯想出打字機的聲音，不會聯想起書寫人生，乃至誤寫人生。所以，這乃是一種前無古人的立象盡意。

踏雪

　　富士山上踏雪

　　越踏越深入歷史裏

　　又見　一隊日兵

　　在踐踏家鄉的雪

　　我把毛衣脫下

　　保護懷中妻小

　　讓自己的肩背

抵擋
寒風刺來
幾十年前的那排刺刀

富士山上踏雪
遊伴問我
要一口日本清酒嗎
抗拒這難忍的異冷
我不喝
貿然喝了
胸中的故土必燒盡
不喝酒
但要拍照
就在陡坡上　拍一張
我站在歪斜的清白裏

富士山上踏雪
我踏它
它凍我
我們望著天空
天空只有雲煙
沒有恩怨

〈踏雪〉點評

　　登山則情滿於山，觀雪則意溢於雪。由於一段刻骨銘心的歷史仇恨，富士山雪，在我中華兒女的眼中，不能不是如此扭曲的，產生不了絲毫美感。那清白只能是歪斜的，寒風只能讓我們聯想到侵略軍的刺刀，連積雪都那麼滿含敵意，清酒也彷彿積蓄著陰謀。

　　欣賞文學作品，講究「知人論世」。孟子曰：「誦其詩，讀其書，不知其人可乎？」欣賞自然風光也當如此，也當知道與之相關的人文歷史背景。誠然，我們也可以採取純粹的文本主義批評，欣賞其純粹的自然美。但慣於「知人論世」的中國人往往是不習慣這樣的。我們讀月曲了先生的《踏雪》，很容易與之共鳴，因為這是中國式的正宗審美方式。

擱淺

　　　書頁翻開午睡
　　　鼾聲把人綁走
　　　於是
　　　斗室如空舟
　　　擱淺在桌上

〈擱淺〉點評

　　幾個有悖於常理的意象組合，宛若銀針，先是刺痛，而後是被刺中穴位的痛快。

書頁是命定被翻開的，書頁卻翻開了翻書者的午睡；鼾聲本是受控於打鼾人的，卻將打鼾人綁架而去（綁出塵世，綁入夢鄉了嗎）。於是「斗室如空舟／擱淺在桌上」，這樣的狂悖表達也就見怪不怪了。

　　「正常」的表述也許應該是這樣：中午，那人翻著書就睡著了，鼾聲大作，斗室，還有書桌，閒在那裏，無精打采，但這樣的表達還有多少詩意呢？

　　彷彿一組荒誕畫，突兀在那裏，象徵著人生的某種荒誕感，刺痛著我們的思維和審美的惰性。彷彿是由噪音而不是由樂音組成的一支短曲，讓我們的耳膜痛並快樂著。

把陽光弄出聲來

　　　打睏
　　　將大白天
　　　打出一個小黑洞
　　　一呵欠
　　　又把它
　　　像鎖匙孔
　　　弄去風中

　　　門外
　　　藍色天空關住的麻雀
　　　興奮地
　　　竟把陽光弄出聲來

　　興奮地
　　如一串
　　金鑰匙

〈把陽光弄出聲來〉點評

　　其實，不過是「春眠不覺曉，處處聞啼鳥」，運用一些通感手法，就弄出了現代派的意味。一個人睏了，瞌睡了，就像在清醒的朗朗晴空打出一個小洞，黑色的，鎖孔般的。而小鳥煽動翅膀，唧唧喳喳，彷彿把陽光碰響了，那響聲猶如一串晃動的金鑰匙。──金色的鑰匙，會讓黑色的鎖孔興奮起來，於是，詩的前後兩節便產生了關聯。

　　我曾有詩〈午夜翟先生鼾聲大作〉：「湛藍的海水裏／一隻烏賊／口吐濃墨／一團還未散去／一團又起……」由於沒有找到與之關聯的後一節，一直是個半成品。

　　「藍色天空關住的麻雀」，這一句的感覺有點怪，其實也不怪，雖說「天高任鳥飛」，但可供鳥兒飛翔的天空，卻是有限的。從外太空看地球，地球所有的生命只不過在一個小小的鳥籠裏。

靜

　　星光爪痕的盡頭
　　地板上
　　一隻貓
　　如一團棉花

按住了傷口

　　　止住了聲音的血

〈靜〉點評

　　星光像是一隻貓，用爪子輕輕地撓著深夜的未眠；貓倒像是一團棉花，為星光撓出的傷口止血。靜靜的夜裏，詩的思緒靜靜地延伸著。

　　星光在靜夜撓出的，是什麼樣的傷口？想來不僅是李白〈靜夜思〉式的鄉思，以及異國遊子的鄉愁，應該還有關於人生的寂寞、虛無、無助的悲涼，關於生命渺小、短暫、無奈的憂傷……那只同樣無助的寵物貓，那團棉絮，能撫平人間的傷口，能止住這許多的血嗎？

鷹問

　　　俯衝入記憶

　　　往事

　　　都成了水泥樓房鋼骨大廈

　　　僵化　冷漠的樹林

　　　空不出一塊草地做我的餐桌

　　　偶爾發現　令人雀躍的莫非又是

　　　另一個高球場　或者足球場

　　　這點綠　對我來說

　　　只是瞳孔縮小後

　　　逐漸放大的空白

當你必須面對虛無
總不能只盤旋　不解釋
終日在罐頭過期的大腦中
啄食自尊　想不通的時候
翅膀握成拳頭
問白雲　我是否走錯房間
或者該到太空行乞　還是
移民鳥籠

〈鷹問〉點評

這是對現代人的生存困境的追問。現代人的生存空間越來越狹小，越來越遠離自然，悖於天性。於是，該有這樣一番鷹式的天問：我們的生存理想究竟是什麼？我們生存的理想空間究竟是什麼？我們需要怎樣的生存格局？一句話，生命存的的意義究竟是什麼？擁護的都市裏，那鋼筋水泥建築的縫隙間，一方球場的綠茵值得我們陶醉嗎？

鷹問，當然就是人問，詩中關於鷹的所有語言和意象，都可以轉換為人的。

只要啤酒開口

只要僱一輛馬車
便通行無阻
輕易地
穿過天主教堂

西班牙鐵刺網的鐘聲
而進入比日本步槍
更短的王彬街

目睹海外夕陽
由台灣椪柑　大陸蘋果
一攤一攤零零星星推走之後
留在石橋上坐著
跟自己過不去　抽煙
和天空交涉的中國遊客
望鄉的眼光因逾期而成蛛絲
在中菲友誼門角上
掛在寒冷親切的北風中

沿著這些蛛絲馬跡
在新唐朝的月下
你就會找到古舊的馬尼拉
據吉他說
舊馬尼拉的深夜裏
只要一瓶啤酒開口
美軍枕邊的巴石河
便不得不
為你倒流

〈只要啤酒開口〉點評

　　此篇寫懷舊、思鄉情懷。王彬街，是馬尼拉唐人街的代名詞，為表彰華人王彬對馬尼拉的卓越貢獻而命名的，中菲友誼門是王彬街一端的中國式牌坊。

　　菲律賓曾是西班牙殖民地，二戰中又被日本佔領，今天仍然駐留著美國軍隊。置身此國此城，詩人思緒複雜。西班牙鐵刺網，日本步槍，都是昔日兇物。來自台灣和大陸的水果攤推著夕陽餘暉散去，僑居者的鄉思漸濃，濃得無法化解時，只能借酒澆之。酒醉，時光之河便開始在時空裏倒流。

　　在時間裏倒流，流回童年；在空間裏倒流，流回故鄉。

（選自《熱風吹雨灑江天》東南亞華文詩人作品評論集）

讀詩之樂

　　讀到《聯合日報》耕園副刊月曲了的新作〈街頭巷尾〉短詩，感到一種清新的喜悅。月曲了要當自己的上帝，力求創新語言，以達化腐朽為神奇的目的。

　　旅居加拿大的國際知名華文詩人洛夫，素有「詩魔」之稱，因其技法魔幻，被譽為當今最具獨創性的現代詩人。筆者戲稱月曲了為「菲華詩魔」，其詩句每多創意，就算未必全然明瞭他詩中所要表達的真意，也能感受詩句的美感。

　　他的〈街頭巷尾〉十行詩，一改其原來略顯「晦澀」的語言風格，大有返璞歸真的嘗試。全詩如下：

現在只有古董店
才能買到童年了
這種真品
只能偶然
去問一問而已

其實人生的街頭巷尾

依然很熱鬧啊

口袋裏的年齡

一兩瓶假米酒

我還花得起呢

詩句很淺白，意義卻頗深刻。這是一首深入淺出的好詩。

其實，古董店裏一樣買不到童年，古董店裏的真品代表的不過是已經風化的歷史。

童年不是沒有，對上了年紀的人來講，蹦蹦跳跳的童年經過時間的壓縮，凝聚成一顆童心。

對於邁入中年並經受過病魔考驗的詩人，自有一種豁達的心境，他看到的是人生熱鬧的街頭巷尾，還有本錢買到「一兩瓶假米酒」。

「假米酒」是台灣鬧得沸沸揚揚的事件主角，詩人以此入詩，隱喻倒數的年月，許多東西都可能是假的，但假的又何妨——真到假時假亦真。

真假，都躲不過那顆童心的觀照。

中秋與菲華現代詩

王仲煌

新唐朝的月下

中國人眼中的月亮，幾乎向來是鄉愁的代名詞，唐朝李白的〈靜夜思〉：「床前明月光，疑是地上霜。舉頭望明月，低頭思故鄉。」顯然影響深遠。但是根據記載：李白，祖籍隴西成紀，生於中亞細亞碎葉城，幼年時隨父遷入蜀中，二十五歲出蜀，此後，漫遊各地，沒有回到故鄉。那麼，李白思念的「故鄉」，到底指的是那一處，是祖籍、童年、老家、或漫遊時久居之地？且有待考據。以讀詩的主觀視野而言，筆者或可作以下的神遊：詩仙李白在歲月的某一空間裏覺醒，恍惚看見大地的霜雪，已經堆積到床頭，無涯的清寒之中，上懷生命無定的本質，下思人生飄泊之諸相，那一個鄉愁的時空，要比實質的「故鄉」來得廣漠，想是因此，詩的題名才不叫「靜夜思鄉」。

千年之後，菲華現代詩人月曲了這麼寫：「在新唐朝的月下，你就會找到古舊的馬尼拉」「只要啤酒開口」，就在這樣的月下，筆者讀到他的「獨飲」。

果真的沒有一粒花生
能剝開異國清脆的殘曉
而桌上的月光
已經三寸厚了

對比於「靜夜思」，一樣不眠的月曲了不提「故鄉」，卻說
「異國」，沒有霜，但桌上的月光卻「已經三寸厚」了。據筆者
所知，月曲了童年曾在故鄉住過短暫時日，卻是在菲律賓土生土
長的華人，他的鄉愁和他的中文造詣一樣，比之李白更為耐人尋
味。近年來詩人酒飲得少了，未知是否還「獨飲」？但是每次千
島詩社聚會，他的老友們總會邀他乾一杯。話說，每回看著詩人
舉起手中那一杯「金黃色的Beer」一飲下去，筆者就好奇那一泓
月光，如何在詩人的體內由寒至熱，終於煥發出形體之外（想到
此，真有點——與神仙同桌的感覺。）

有些人認為時代的交通便利，鄉愁將不復存在，斯人是不
知（詩人之）鄉愁為何物而已，記得菲華現代詩人文志曾經寫過
一首〈月的故事〉，在詩中，月球原本是地球的一部份，由於時
空的變遷脫體離去，自此，月亮每隔一段時日，便會循著軌道回
來，探望她的「故鄉」。

為何地球會有海洋這樣的空洞？為何月圓時分，潮汐澎湃不
已？有時思及超越人生界限的浩瀚時空，我們倒寧願相信詩人的
「科學」，多麼準確的測量出鄉愁的永恆性。

悟與現實

從前，在一個與世無憂的鄉村裏，一群孩童嬉戲於山野，探幽於林景。某一次，他們在一條小澗旁注意到一種小魚，在魚尾的末端竟印有一泓彎月。後來，雨水又把這種小魚的行縱帶進稻田的方方格格裏，大人們說小魚叫做「月呆」。

小魚的行蹤時隱時現，於是不久後，孩童們就流傳著一則傳說，說是在十五的子夜，有一些「月呆」會受到感應，飛躍到天宇的圓月裏面去。孩童們喜愛這個傳說，深信不疑，但是有一個小孩卻對這個過程充滿好奇，由是在一個十五的夜晚，這個小孩手捧盛著一尾「月呆」的水盆，蹬高到天台山，他就坐在水盆旁邊，明月之下，寧靜的等待著那一尾小魚，如何飛躍到月亮裏面去？等著等著，他竟然在水盆的旁邊睡著了。

第二天一早，他睜開眼，剛好看見明月在晨光的微曦中隱去，面圓形的水盆之中，已經只留一池清澈……

這個小孩就在空寧的水盆的旁邊悄然靜坐，回味起昨夜睡去的那一段時空。良久之後，他站起身，準備把水盆端下樓去，這時在天台另一端的地面上，有什麼在他的眼角跳躍了一下，於是他走過去，把那條月呆撿起，放回水盆，心安理得的下樓去了。

詩人吳天霽說：「如果現實生活全都是美好的，詩就不復在了。詩人江一涯說：「一首含蓄的詩以獨特的文化藝術，有效的經營技巧，令我思緒萬千，我運用它平衡了我商業世界裏的疲倦。」詩人平凡遺留下足跡：「夢就是事實，沒有事實就不會有夢。」在生活中，不自覺的每隔一段時日，不自覺的我們總會尋

求著某種新的「領悟」，每個人都擁有、書寫、更新著一本自己的形而上的字典；什麼是幸福、傷心、偉大、永恆、愛情……別人又是怎樣詮釋？筆者時常覺得，我們所尋找的「靈感」就是這種領悟的完整性。現代詩不願停留於平面的「悟」，而構造多層面、立體的景觀。印象派大師龐德曾經說：「覓出鮮明的細節，呈現於作品，但不作任何說明」，意思是，讓讀者去印證自我心靈的字典。當然，印象派只是專門戶之一，好比一首詩歸門別類，尋找自我完整，並沒有真正的完整。

雖然尤未到其境，筆者就挺喜歡詩人月曲了的這一首〈月光未乾的路上〉

　　　自中年到老年
　　　必經之地，竟是童年
　　　竹馬回頭的草原
　　　天空是水彩的
　　　心是紙剪的
　　　是誰都不能忘懷
　　　那些風箏的痛
　　　線斷的地方

　　　途中沒有人要下車
　　　願車子不停
　　　轔轔轆轆輾過每粒石子
　　　每粒石子都動人
　　　在月光未乾的路上

彈起驚呼飄落嘆息
以忘記
這是一部遙控的
上帝的玩具車

　　自中年到老年，是「人間見白頭」的現實，但是詩人的這
個過程的「必經之地，竟是童年」，由是生命所經歷的一段段歡
樂時光，一幕幕繽紛情景，包括一些天真的傷痛，又（月光未乾
的）返回來，變幻了路途中的真實，使得「每粒石子都動人」起
來，「車子」就一路駛進這般童趣與現實交錯的景觀裏，令人低
迴不已。

　　許多年前，筆者在武協練習太極拳，那時已經醉心於現代
詩，心裏頭就想，要怎樣以現代詩「參一下太極」？太極圖是一
個源遠流長的符號，是中國古代的宇宙模型，用以解釋世界萬物
生成和演化的規律。

　　一天晚上，筆者漫步途經一個夜市，四週市聲喧鬧，燈火燦
然……走著走著，慢慢的，筆者覺得周圍的燈火似乎黯淡下去，
吵雜的市聲恍惚靜然細語，細看中，似乎有某一種光華，正把周
圍的塵世推向遙遠的角落，而那個遠去的塵世裏，又有著自己的
點點足跡……走著走著，筆者忽然有所領悟，於是抬頭向上，晴
空萬里中心，一輪明月逼視下來。

　　那一剎那，筆者覺得所擁有的不外當下的「自己」以及旅途
中背負起的「懸念」，又在無涯的時空裏自我定位。那晚，筆者
回到房間，推開玻璃窗口，寫了這一首〈太極謠〉

月的

開啟裏關暗

四海一家的

燈

今晚

齊圓月吹

鄉明亮

音符

實相無相

昔日，世尊如來說法靈山（背景圓月燦然）拈花不語，眾皆默然，唯有迦葉破顏微笑，世尊道：「吾有正法眼藏，實相無相，不立文字，都外別傳。」而現代詩，乃是無法言傳的情境，以文字言傳的途徑。幾天前黃炎兄在「黃皮書」一欄中推介台灣名詩人鄭愁予的詩集《寂寞的人坐著看花》說菲華現代詩人就是──寂寞的人坐對看花，筆者同樣醉心於現代詩，心有所感，雖然知道提筆論詩吃力不討好，卻不由得要「拈花微笑」一番。

於是翻閱書架上的幾本菲華現代詩選集，其中近二三年內結集出版的有江一涯的《菌之永恆》、月曲了的《月曲了詩集》、吳天霽的《耶穌的懷念》，果如筆者所相信，三本詩集中都有關於月的描寫，有的名異其趣，又有的相互呼應，如詩人吳天霽有一首〈血月〉

我夢見
月亮
染滿血漬

醒來，細想
那是濺自
大地

這首詩寫於一九八三年，據筆者主觀上的「猜想」，應該是受是
年八月二十一日，尼蕊・亞謹諾自國外返回，在馬尼拉國際機場
被槍殺的事件的感觸，之後菲律賓人民皆以各種黃色標誌來紀念
他，又無獨有偶，在《月曲了詩集》中也有一首〈月變──菲國
八月軍變事件側影〉，在詩中「月光腐臭」；月是

它一口慘綠色的冷痰
連血帶話
吐在發炎的天邊

看到這樣的月亮，筆者聯想到似乎是英國詩人雪萊的筆下，月亮
是──天宇的一隻慈眼，緩慢的張開，觀看著人世，又默默的閉
合。那麼，人間的殘酷，自然也一樣映入他的眼眸，同樣的，那
一筆慈眼又是詩人仁憫的心靈。

筆者的「微言」似乎長舌了點，想為寂寞的菲華現代詩壇，
盡一分綿力而已，其實單就這三本詩集中的「月相」來說，尚不
免留下不少的遺珠。對詩人們而言，哲人的「一粒沙中看宇宙」

並不深奧，劉勰在《文心雕龍》物色篇裏說：「一葉且或迎意，蟲聲有足引心，況清風與明月同夜，白日與春林共朝哉。」藝術的殿堂與人生的哲學相通；渺小可以自我完整，偉大又只能站在一隅，印證著殿堂的無垠。

　　雖然我們自己──託懷何需雪月真，浮生斟開風花樽，未到中秋，又何必是在中秋，但我們誠願每個人的中秋都是一場美好的盛宴。

一個自己創造自己的人

王錦華

在愛情的道路上長跑九年，他寫了十三首情詩。第一首題名「灰色的柱」，是紀念我們的邂逅而寫的。之後寫了好幾首很「浪漫」的詩，如「初吻」、「花轎」、「花燭」等。可惜這些有紀念性的情詩，都在一場火災中燒盡成灰。

結婚至今三十三年，他僅寫一首情詩給我，那已是中年時了。如今，都已邁入了不惑之年，等他再流露情感，根本是一種「奢望」。所以，我非常珍惜這首僅有的情詩，題名叫〈愛情〉。這首詩是這樣寫的：「把手指折斷成樹枝／在荒涼的冬天／為你起火／在比心更深的地方／築廬舍／和你隱居」。他還把這首詩用毛筆抄寫，入框掛在我們寢室的牆上。

他就是月曲了，我枕邊的詩人。

他很隨和，沒有詩人的怪癖，林泥水大哥在世時，常常讚他是沒有脾氣的好好先生。

他能歌善舞，也愛畫畫，又是一個烹調的高手，他煮出來的菜，都非常有創意，如他的作品。

　　他的家庭觀念很重，規定星期天是「家庭日」。他喜歡全家出國旅遊，喜歡一家五口聚在晚餐桌上品嚐他的廚藝，欣賞他的幽默，兒女們常常被他逗得捧腹大笑。兒女因工作或應酬晚歸，他會等到他們回家才安心睡覺。

　　除了家，「千島」是他的最愛，「千島」停刊，他悶悶不樂。

　　林泥水大哥、「巴例」湧筆、「巴例」平凡的離去，使他有一種失落的感覺，因為他失去了跟他一起抽煙（他還寫了一首〈煙灰缸畔〉追悼林大哥），一起飲酒的朋友。

　　去年，他生了一場大病。禁煙戒酒，詩也不寫了。他曾經說過：「不讀詩，不寫詩，我只是上帝創造的我；讀詩、寫詩，我才是自己創造的我。」

　　所以，我深信他一定不會放棄曾經使他狂熱的藝術──詩。

在家的感覺
——解讀月曲了的詩

朱立立

　　鄉愁,及與此直接相關的放逐感和認同危機,幾乎是所有脫離了中華母體的海外華人共有的情結,也是台灣及海外華文文學的重要母題。洛夫〈邊界望鄉〉那種悚然心驚的刺痛,余光中〈鄉愁〉那種魂牽夢縈的吟唱,雲鶴那滄桑憂鬱以自況的〈野生植物〉,梁鉞筆下那尷尬焦慮的〈魚尾獅〉,在在直指這一母題,鄉愁的旋律或沉鬱低迴如溪流千回百轉,或激越慷慨似驚濤拍岸,或直抒胸臆,或欲說還休,形成華文文學最動人的樂章。然而,正因此,如何書寫,如何將這種歷經多種形式表述過的域外華人的共同經驗處理得個性化,不人云亦云,不陷於陳規,就成了創作者的難題。蕭蕭說:「就一個旅菲的華人而言,月曲了詩中必然瀰漫著深濃而苦澀的鄉愁。」從月曲了的多數作品看,蕭蕭的斷言是正確的。而鄉愁這個被中國古典詩詞和域外現代漢詩反覆書寫的主題,實質上蘊蓄著華人深厚纏綿的文化情感與生命情結。月曲了的重要性或許在於抒寫這種想像性精神還鄉心靈活動的曲折纖細和純粹素樸。

　　月曲了也寫鄉愁,而且寫得還不少。其中一些是直接以此為主旨的。對於月曲了來說,現實的壓抑與生存的艱難每每刺激他遁入另一個想像的時空,童年時期的北平生活經驗,更讓那意念中的時空與回放記憶裏的時空交疊錯置,真幻莫辨,恍惚之間,一腔眷念解不清理還亂。飲酒以解愁的畫面反覆出現,其功能在於暫時遮蔽身處的現實,讓思緒浸泡成醉意的幻景,在酒意闌珊裏「回歸」到意念中牽掛的時空。

　　〈獨飲〉:「果真沒有一粒花生/能剝開異國清脆的殘曉/而桌上的月光/已經三寸厚了/還要等我/推倒多少空瓶/酒才會清醒/才把我推倒」短短的幾句詩行,未吐一個愁字,詩人就著花生,獨自飲酒,通宵達旦的情景卻如在目前。不難想像,月光下的主人公是在借酒燒愁,然而此愁不同一般,它積鬱已久,已成異國桌上三寸厚的月光,胸中塊壘又豈是幾瓶酒所能化解?不說自己醉了,卻言酒不清醒,舉杯邀明月、對影成三人的孤獨況味已盡自此出,也不必多言,也無須渲染了。

　　還有相類似的詩意、相同的心緒,如〈小橋夜月〉裏的「從腳步踉蹌的異鄉/先入夢才回家」,如〈中秋月〉裏「我低頭不觀天/把頭低過酒平線/因怕中秋月/今年又照我/不去照故鄉」。前者寫不願清醒的飲者,把醉想像成了通向夢的橋,「生活在別處」的此身於醉境中超離此在,回歸心心唸唸的夢土;後者寫不願觀月的飲者,怕觸痛了思鄉情,卻說得別緻,怕這異鄉的明月照我而不去照故鄉,怕那心上的夢土受了委屈似的,把身與魂分離的痛苦寫得幽婉,又淒清。

　　在〈野草〉這首詩中,鄉愁捨去了實相,有了另一種書寫方式。以候鳥的翅膀隱喻鄉愁的慾望,而這翅膀已經種植在海邊,

成了「一堆茫然的野草」。翅膀無以高飛，野草兀自瘋長，「直望天空／雖有長短／但都是鄉愁。」那些無人理會的野草，那些孤獨的慾望，那些蓬勃生長的惆悵，真叫人欲說還休！鄉愁是作者心底不息的旋律，那一脈心香，一縷情思，怎一個愁字了得？

月曲了所宣敘的只是一種異鄉人難以遏止的情懷，是平常生活的困頓中鄉愁真實襲（吸）入生命的酸澀的痛，隱隱的惆悵，深深的苦澀。他並不刻意雕琢，也少裝飾：樸素、平易卻不直露、鋪張。更多的時候，鄉愁揉進了尋常人生體驗的辛酸和滄桑，貼近日常生活的真實情境，讓平凡的人間煙火自然地熏染著詩行，烘托出鄉愁深深深幾許的心境。

細讀月曲了〈異地〉；寫海外華人一天的生活和心緒。從清早到深夜，一個為人之父的中年男子，沉陷在平淡瑣屑的生計煩惱中，雖也有片刻幻想飛揚人生意氣，卻抵不住現實的擠迫。這是個毫無激情的日子，像一片灰暗的落葉，鬱悶的氣息點點滴滴。不禁令人想起大陸一位女作家的名作〈煩惱人生〉，印家厚被小人物的艱辛生活折騰得不堪，一地雞毛的日子，困頓中又充滿戲劇性的輕諷。小說有意把一群嘻嘻哈哈的工人和一首據說朦朧的詩聯結在一處，那首詩的內容很簡單，說生活是網，如此而已。那詩自然不算好詩，但這群遠離雅文化的俗人對戲說戲評，以及主人公無聊的戲仿，卻共造了一副近乎狂歡化的場景。印家厚的仿造之作題目依然是生活，內容換了一個字「夢」。他的仿作既是淵遠流長的浮生若夢嘆息的回聲，更不妨看作一個被平庸人生消解了夢想的失意者的自嘲。而月曲了〈異地〉的主人公失落的則是一種永遠無法回歸的夢土，一種「在家」的感覺。

　　樸素的宣敘裏，「鄉愁」像一張透明的網，看不見，卻無處不在。落日後的父親拖著拖鞋把夜拖得漫長，這景像是平民化的，也是凡俗化的，鉛華落盡的樸實。腳步裏的悵惘落在異鄉的土地上，叫人如何紓解？「邀朋友將唐人街切成／一碟烤燒的臘肉下酒／在風味上回家鄉／提起酒一杯一杯千山萬水／各人飲各人的心情」，醉意成全了詩人回鄉的夢，鄉愁那麼實實在在，和著酒入愁腸，心事化作萬水千山，迢遙氤氳開去。

　　唯有親情透迤而出，給人一絲溫馨和熙，「眼光卻如兩條鬆散的鞋帶／又要再細心的／重新紮緊兒女的鞋／跟著他們無知的步伐／橫過馬路上學去」，憂鬱、疲倦，又有些無奈，然而細密的父愛依舊頑強。親情主題的浮現為解不開的愁結打開了一扇溫暖的窗子。當個體生命的別處體驗融入以親情為核心的族群情感，飄泊的異鄉情懷變得不再難以承受排解。

　　因此，月曲了的鄉愁也有溫暖甜柔的時候，比如〈紅豆甜粿〉。輕快的節奏，和暖的色調，海外華人家庭農曆新年的喜慶忙碌氣氛迎面而來。

　　紅紅的燈籠，門楣的中國桔，以及紅豆甜粿，都一齊呼喊著融融的團圓，那是怎樣的情懷？「總記得今夜／回來不回來／也要圍在一起過自己的年」，鋪敘的調子，忽然間轉板，「年飯之後／壓歲錢依舊／壓不住今夜的歲月／只好切了煎了了」而後再銜接到「那紅豆甜粿／分給大家嘗嘗／這粿也甜也相思」。小小的承轉，卻透著細緻的巧思，紅豆喻相思（鄉思），願不新鮮，可喜的是將今夜這濃縮了鄉思的歲月一「切」一「煎」，具象成了「也甜也相思」的粿，這便生發出了煙火味十足的詩意。從這樣的詩意裏，月曲了也透露了華族文化習俗鮮活柔韌的民間生命

力，和海外華人傳承薪火的本能。存續族群文化好像是個沉重的命題，但其實又是極其具體瑣碎的，就像詩中說的華人過年習俗。

在一些特殊的節慶裏，意念中時時刻刻牽掛的時空忽然移位，在家庭這個小空間形塑古老而溫馨的儀式，復活記憶與更深遠的傳統。歷史記憶與始源想像獲得了人間的依托，因此，華人文化經驗具體性的詩性摹寫，日常生活的文化儀式意味的發現，使月曲了的詩歌超越了空泛俗見的懷鄉模式。

月曲了是菲華千島詩社的成員，其詩獲得張默、蕭蕭、張香華、雲鶴等名家的好評。從諸人的解讀和品評裏，筆者大致瞭解到月曲了詩作的一些特徵：如富於悲憫情懷，構思別緻而情意素樸，語言平實而具有張力，結構有機而富凝聚力；知情感性平衡有致，意象能貫串始尾等。張默說：他的每首詩都充滿對人間綿密的愛，誠摯的關懷和難以宣說的敲擊與玄想；蕭蕭感懷於月曲了詩中「濃烈而苦澀，不能回甘的愁緒」，也欣賞他「精純的語言技巧」和「生命的清純之美」；而菲華詩人云鶴以為，月曲了是個以靈魂寫詩的嚴謹的創作者，他的詩極富超現實精神和象徵意味；細讀《月曲了詩選》裏的六十七首詩，覺得眾評家的評說大致不謬，月曲了的詩值得一讀，最好是細品精讀。

詩國天空的一彎秋月
——菲華詩人月曲了作品欣賞

李元洛

　　月曲了，多麼奇特而富於詩意的名字，可惜我暫時無緣渡海而南，去面詢菲律賓華裔詩人蔡景龍先生，請教他為什麼取了這麼一個令人遐想的筆名，恕我閉塞，我遲至前年讀台灣學者李瑞騰所編由爾雅出版社出版的一九八五年《年度詩選》，才在書中和他初逢他悼念菲華詩人王若的〈天色已靜〉，給了我相當深刻的印象。以後，陸續在台灣的《藍星》詩刊和女詩人張香華編的《玫瑰與坦克——菲華詩卷》（一九八六年，林白版）裏，遙望了南中國海之南的菲華詩國天空的一彎秋月。

　　菲華詩國天空的一彎秋月，我如此想像月曲了其人其詩，原因大約有三：一是他的筆名引起我的有關聯想。二是六十年代之初，年輕的月曲了和他的詩友組成「自由詩社」如新月初升，已經在詩的天空劃過了近三十年的軌跡，如今已步入生命的秋天。三是他的作品相當清純。張香華的評價是：「有一種特殊迷人的氣質，清麗的語調，舒徐的節奏，飄渺的思緒，像從空際拋下的樂音，顫動人的心弦，使人情不自禁與它共鳴」。菲華文壇前輩施穎洲則認為：「月曲了的詩富於抒情，清新流麗。」詩人是講

究比喻的，詩評家何嘗不然？從我所選析的月曲了的五首作品中，讀者大約也可以品嚐到那一彎秋月的清輝。

　　月曲了的詩，有豐富的審美聯想，也能激發讀者豐富的美的想像，心理學上的聯想，指的是兩種感覺之間的聯繫，即一種感覺和另一種感覺相通的心理現象。這種聯想的心理過程是為常人所共有的，但是，在藝術家的審美心理和創作心理的過程中，它就昇華為一種審美聯想，而詩歌創作中審美聯想的特徵，就在於它表現的是作為審美主體的詩人對生活的審美感受與審美感情，它通過文字常常定型為審美幻覺，同時，它能刺激讀者的欣賞聯想，使讀者的審美感受處於愉悅甚至驚奇的狀態，從而在主動的投入和積極的參與中，完成對作品的藝術再創造。可以說，審美聯想是藝術創造與藝術欣賞獨特的心理活動形式，也是詩美的重要表現方式，詩作者如果沒有豐富的清新脫俗的審美聯想，他的作品必然流於平淡或者平庸，缺乏詩所必具的詩意。這種作者假若有自知之明，那他就應該及早從詩壇退休，在其他領域另謀發展，因為他所缺少的正是作為一個詩人所必備的基本美學素質，而月曲了詩中，「飄渺的思緒」所構成的「清新流麗」的審美聯想，卻把我們引領向一個詩的月世界。

　　〈大小樹〉一詩只有寥寥七行，它不僅有字無可減，句無可削的精煉，而且有巧妙而富於深意的聯想，它的詩意的凝聚與釋放，離開了全詩的審美聯想是不可想像的。詩分兩節，第一節：

　　　街旁各棵大小樹
　　　枝已參天葉已落地
　　　還是想不透

「各棵」是全稱數量詞，說明無一不是，「枝」與「葉」均是參天或者落地，說明它們或年深月久或飽歷滄桑，總之是見多識廣了，然而，「還是想不透」一句突生頓挫，強烈地刺激讀者的懸念，它們為什麼想不透？想不透的到底是什麼？在第一節中，這種以物擬人本就是一種美學上稱之為「移情」的聯想作用了，更妙的是它和第二節的聯想關係：

　　移民局的上空
　　一族雲
　　要來就來
　　要去就去

「大小樹」想不透的原來如此！至此，讀者不禁浮想聯翩：樹是固定不移的，雲是流動不拘的，自然的雲來去自由，社會的人卻諸多限制，天空的雲是隨心適意的如萊蒙托夫所說的，「永恆的浪子」，而作為浪子的人如果要醫療鄉思鄉愁，或者到他鄉自由發展，還得受制於移民局的種種關卡。

由此可見，這首詩的美學構思的框架，是由出色的審美聯想所構成的，如果沒有移情於物的審美聯想，全詩的美的框架也就會坍塌了。如果說，〈大小樹〉的審美聯想是在「樹」（人）與「雲」（物）之間飛翔，那麼，〈考試前夕〉一詩的審美聯想則是在「古」與「今」之間交馳。「古」是千年的南宋以及抗金名將岳飛和他的《滿江紅》，「今」是現代的菲律賓，以及既是父子又是師生的詩人和他的兒子。全詩在

今宵不眠背古詞
一管日光燈
推開深夜
撼醒課本上
辭源內的每一字
為兒子竟夕解釋
古人的憂愁與豪語
的古今聯想中展開，在
鉛筆短短指千里
兒子看不見
雨停當時
激烈的天色

　　的今昔聯想中收束，時空交錯，疑幻疑真，從一個特殊的角度動情地表現了海外華人的家國之思，和對中國的優秀文化傳統與傑出的歷史人物的追慕。

　　詩的意象，是詩美藝術的基本之素。沒有美的意象，就沒有美的詩，就如同沒有繁花就失去了春天。沒有紅葉就無所謂秋日。因此，優秀的詩人追逐和捕捉意象，就像衝浪運動員去征服波浪，就像射箭運動員去命中紅心。詩的意蘊可以豐富甚至模稜，而詩的意象卻要準確簡鍊，而忌諱不論不類或蕪雜堆砌；同時，詩的意蘊雖然應該具有為讀者所熟悉的信息，因為完全陌生和不能理解的信息難以為欣賞者所接受，但詩意蘊又必具有相對的陌生性，這樣才有新鮮感與刺激力，因此，無論從什麼意義上來說，詩的意象必須新鮮脫俗，突破陳規舊套，讓人產生一見鍾

情一讀難忘的美的喜悅。作為菲華詩壇的優秀詩人，月曲了許多
詩作的意象可謂準確簡鍊又新鮮獨創，正如同台灣詩人、詩評家
張默〈深情的披瀝——讀《月曲了詩選》〉一文所說，他的詩作
有「新新鮮鮮的意象」，證之我所選析的五首作品，也是這樣。

在〈考試前夕——教兒子讀滿江紅〉一詩中，詩人寫「蟲
聲」：

> 忽聞戶外蟲聲四野
> 漸似金兵又犯境
>
> 寫：圍牆：
> 而門前圍牆已朦朧
> 朦朧如國界
> 寫：風鈴：
> 風鈴搖痛著
> 寒露中的一則故事

意像是準確的：切合詩人的特殊心境和詩所描繪的特定情
境；意像是簡鍊的，給人以深刻的審美印象而沒有多餘的贅筆冗
墨，意像是新鮮獨創的，以上的諸多意像在他人的筆下似乎還未
出現過。你也許可以說它們美得還不足令人動魄驚心，但不能不
承認它們新鮮得令你賞心悅目。月曲了曾以八首詩作獲菲律賓王
國棟文藝基金會第一屆文藝獎的新詩獎，〈踏雪〉即是其中之
一，得到張默、張香華的特別好評。全詩三節，分別以「富士山

上踏雪」領起，「踏雪」的整體意象貫串全篇，而分設意象也頗
為新創而有深度：

　　　　我把毛衣脫下
　　　　保護懷中妻小
　　　　讓自己的肩背
　　　　抵擋
　　　　寒風刺來
　　　　幾十年前的那排刺刀

　　寒風如刀的意象是慘痛歷史的追溯與縮影；

　　　　要一口日本清酒嗎
　　　　抗拒這難忍的異冷
　　　　我不喝
　　　　貿然喝了
　　　　胸中的故土必燒盡

　　飲酒如焚的意是民族愛憎感情的詩化表現；

　　　　我踏它
　　　　它凍我
　　　　我們望著天空
　　　　天空只有雲煙
　　　　沒有恩怨

　　恩怨兩無的煙雲意象是詩人對歷史的反思與詮釋。在如上這些新創的意象中，現實與歷史交融，頗具感情的力度和內涵的深度，它的外形能激發欣賞者美感，它的內在卻促使欣賞者思索。

　　詩的語言是詩的直觀呈示，也是詩的最終的定形，沒有合乎詩的藝術規範的語言就沒有詩。有些作者對生活有獨至審美體驗，也有並不平庸的藝術構思，可惜對語言的感受力不強，語言的功力不夠，不是缺乏對語言的提煉驅遣之功，流於拖沓散漫，或臃腫堆砌，或隨心所欲扭曲文法而令讀者不知所云。語言，是對詩人才力的嚴峻的測試，在語言的競技場上，沒有充分準備和出色功夫的人必遭敗績。一般而言，月曲了的語感是敏銳的，語言運用有相當功力，他的詩語言，不屬於艱奧難明那一種極端，也不是直白乏味那一種路數，而是清淺中見深致，在平易中見含蘊。

　　請看〈踏雪〉的第二節的結尾：

　　不喝酒
　　但要拍照
　　就在陡坡上　拍一張
　　我站在歪斜的清白裏

　　清清淺淺，平平易易，絕不設置一張晦澀黑黑的鐵門拒絕讀者進入，但是，你讀後一定會思索。「歪斜的清白」是什麼意思？從語言表層來看「清白」本來是形容詞，這裏轉品為名詞，它和形容詞「歪斜」組合在一起，頗有去俗生新的藝術效果，同時，詩人是站在覆雪「陡坡」上，那「清白」就自然是「歪斜」的了。然而，語言的深層包孕就僅此如此嗎？答案當然是「非

也」，言在需要慧心的讀者去思而得之，我也不想在這裏饒舌，以代替不同的讀者之不同的再創造。〈聽雨〉一詩，初看題目你以為是聽自然界的雨，南宋詞人蔣捷著名的《一剪梅》詞，不是分別寫了「少年聽雨」「中年聽雨」和「而今聽雨」嗎？台灣名詩人余光中，不是有篇散文叫做〈聽聽那冷雨〉嗎？有如一座園林，名字既不落俗氣，裏面的景觀也許不會令人失望，這首詩就是這樣，詩題即已在淺易中見巧心，讀畢全詩，你才明白自然界的雨已經轉位為「打字機的雨聲」了。詩的前六行，集中寫自己韶光已逝的年齡。分別從「坐」與「站」兩個角度著筆，而以「如年齡的書信」與「如帳簿的年齡」顛倒成文，分別取喻，第七行「當打字機的雨聲」一句在暗點詩題之後，然後突生轉折：

又在誰的
一生的白紙上
錯字不停的落著

至此，讀者在嘆服詩人比喻語言和想像語言之巧妙的同時，又會頓悟詩的深層含蘊：他是通過一種特殊的「聽雨」來寫一種人生的感喟，或者說，寫一種他所謂喟的人生，至於他所感喟的是什麼，這是不必也不好坐實的，詩人只要以他的詩語恰到好處地刺激了讀者的想像，他就完成了任務，其餘的就有待讀者的再創造去繼續了。撲朔迷離的〈針線〉一詩不也是如此嗎？它的起句「一片繡著花的天空下」，已自清新俊逸如花之初開了，因為詩人聰明地避開了那掉下去就萬劫不復的陷阱——天空的雲「象羊群」「如浪花」「似棉絮」等等之類的陳腔濫調。

　　端坐一個少女

　　遲遲舉起落下

　　手中針線

　　穿過時間

　　刺痛

　　手帕上

　　我從前的名

　　從字面看來，清淺易明毫無晦澀之處，即使「刺痛」與「名字」的組合是虛實相間的，不是常規性的語言組合，其字面意義也並不艱奧，但是，全詩的整體語境卻具有一種朦朧之美，詩意在可解與不可解之間，不同的讀者自可以作出不同的接受與再創造，這，正是淺語深情，思曲意婉的詩的妙境。

　　由於地理、社會和文化等方面的原因，作為當地的「少數民族文字」的菲華詩歌，走過的是一條曲折艱難的道路。月曲了的詩路歷程也是如此。他對詩一往情深，他曾說：「不讀詩，不寫詩，我只是上帝創造的我，讀詩，寫詩，逐漸的，我才是自己創造的我。」他除了獲得過王國棟文藝基金會文藝獎的新詩獎之外，一九八五年還獲得過「河廣詩社」主辦的新詩創作獎的優等獎。最近，他又將一九八一年至一九八五年的作品輯為一集，題名為《月曲了詩選》在台灣林白出版社出版。秋月臨空，清光照人，南北朝時謝莊的《月賦》說：「隔千里兮共明月，川路長兮不可越。」對遠在天南的月曲了，我什麼時候可以手握而不再遙望呢？

流散族裔無根的鄉愁

李夫生

　　當物慾主義和消費文化演變成為一種意識形態，浸入我們每個人的生活時，詩歌是一支逆勢上市的股票，前景難料。

　　菲律賓詩人月曲了顯然對當代漢詩前景仍然滿懷憧憬。儘管文壇對當代漢詩乃至整個詩壇充斥著種種悲觀論調，但月曲了仍然執著地耕耘於漢詩田園，表現出一種少見的古道熱腸，有著仙風道骨之神采。

　　呈現在我面前的一本裝幀頗為精巧的詩集《異夢同床》給了我眼睛一亮的震憾效果。我驚喜地發現，一本小小的詩集，為我們烹飪出一席純美漢字的筵宴。數年前讀余光中、洛夫等詩人詩作是那種耳目一新的久違的感覺重新回到眼前。如果說余光中揮灑自如的「藍墨水」「上游是汨羅江」，洛夫是把玩漢字的新古典主義「詩魔」，那麼，月曲了的「藍墨水」上游又在哪裏？同樣被人稱為菲華「詩魔」月曲了的宗師為誰？

一

　　月曲了，本名蔡景龍，福建晉江人。一九四一年生於菲律賓，一九六〇年代加入「自由詩社」開始現代詩創作，後為千島詩社創始人之一。他曾先後加入耕園文藝社、菲律賓文藝協會、亞洲華文作家協會菲分會、菲律賓作家協會、台灣創世紀詩社等。作品散見於各大華報及詩刊以及各種其他選集，個人著作主要有《月曲了詩選》和《異夢同床》等。

　　鄉愁是詩歌永恆的主題。對於海外流散族裔詩人而言尤其如此。月曲了的大部分詩歌都直指這一母題。鄉愁的旋律或沉鬱低回，如溪流千迴百轉；或激越慷慨，似驚濤拍岸；或直抒胸臆，或欲說還休，形成月曲了詩歌中最動人的樂章。〈今夜何必又中秋〉中跟母親喃喃私語的孩子，何嘗不是一個個漂移海外的華夏遊子。

　　「母親你知道嗎／天空每夜扔掉的星／其實／都是我探望你的眼睛／昨天我已把窗口／還給明月／今夜何必又中秋」

　　這種鄉愁似是孩子的囈語，但何其誠摯？何其低迴？一顆思鄉的赤子之心，通過簡單的幾句話，怦然躍動在紙上。

　　「遇雨無傘／身份與心情／跟街景一樣模糊／雖是涼快的蕉風椰雨／落在心上／竟是長江黃河／冷冷的碎片」（他鄉遇雨）

　　這首詩中，「他鄉」是一片漂流的土地，永遠尋不到故鄉的脈系。所以詩人「身份與心情，跟街景一樣模糊」。無根的流散族裔，就是漂泊海外的遊子。但是，哪怕失去依憑，思鄉的心不

會改變，因此「雖是涼快的蕉風椰雨」，也是「長江黃河」「冷冷的碎片」！

「遙遠不可怕／可怕的是距離／母親你在哪裏／只要時間是計程車／再貴的車資／我的思念／付得起」（的士）

然而，正因此，如何書寫，如何將這種歷經多種形式表述過的域外華人的共同經驗處理得個性化，不人云亦云，不陷於重複絮叨之中，這是擺在詩人面前一個必須加以考慮的問題。有評論者準確地指出：月曲了詩中洋溢著「深濃而苦澀的鄉愁」。這種「深濃而苦澀的鄉愁」正是月曲了的一種個性化符號。余光中等詩人也曾表達過相似主題，但余光中們的鄉愁主題是分離的痛苦，是遊子離開母親懷抱時的牽掛。而月曲了的「鄉愁」要苦澀得多，他根本就是一種漂移、離散的痛苦，是一種無根無憑的切膚之痛。想要延續中華文化的血脈，遠隔的不僅是千山萬水，更是文化上遙遠的根系。

要療治這種血脈中的傷痛，月曲了遁入了想像的故鄉。那意念中的時空與回放記憶裏的時空交疊錯置，真幻莫辨，恍惚之間，一腔眷念解不清理還亂。飲酒以解愁的畫面反複出現，其功能在於暫時遮蔽身處的現實，讓思緒浸泡成醉意的幻景，在酒意闌珊裏「回歸」到意念中牽掛的時空。

「我們的往返／古今中外／無非是把步伐還給新街舊巷／把心情還給每一塊／沉重的青石板／然後又把流浪／還給了鞋聲」（時間河畔）

這是泣血的杜鵑聲聲呼喚，尋尋覓覓的身影，怎麼不是那個「不堪古箏她輕輕一彈」的羸弱詩人形象？！因為，在「兩岸三地心頭之間」，無論「橋雖小」，但畢竟是「橋」聯繫著，勾通

著，但作為海外流散族裔的詩人，卻連這小小的橋都沒有，所以
詩人一唱三嘆：

「時間河畔／客船上我不是客／飲酒抽煙等候鐘聲／我不是
客／我是你寫詩的時候／寫草了寫簡了的字⋯⋯」（時間河畔）

一句「寫草了寫簡了的字」，我們見到了詩人何等無奈的心
痛！方塊漢字的後人，變成了拼音文字的公民，改變的是國籍，
不變的是血脈和文化的傳承，是中華民族源遠流長的文化根系，
是夢鄉中多少次流淌的黃河長江！

二

「流散」（Diaspora）問題是一個源於猶太民族數千年散
居世界的歷史而最早提出的一個文化命題。猶太文化因其流散
時間漫長、文化交融複雜、民族特徵模糊而面臨民族身份認同
（identity）困境。與之相應，流散族裔的最大問題也就是民族身
份認同的問題。

我們說，月曲了通過詩歌表述的正是這麼一種「無根」的
鄉愁。

我們且看詩人的一次「舊地重遊」。

「踩上心頭／腳步在痛楚與感激之間／匆促又感人／零亂而
動聽／人被影子推開／風又抓住衣角不放／空間換作時間／老歌
就開始流行起來／問題是／今年的老歌都是新街道／整個晚上／
找不到一個中國城」（舊地重遊）

這個踽踽獨行的異鄉客，飄移的身影，即算沒有淒風苦雨，
但其形單影隻的模樣，怎不令人感慨萬分！

「陽光照不到／蟬聲穿不透的／鐵罐裏好似深山無歲月／半點音訊都沒有／我是茶葉／是寄不出去的家書／被捏成小紙團／丟在心中……」（茶葉）

詩人自喻為「好似深山無歲月」「半點音訊都沒有」的「茶葉」，書寫著的是「寄不出去的家書」，何其苦澀，何其無奈！字裏行間，一個個流散族裔常見的拷問凸顯出來了，──「我是誰？」、「我來自何方？」、「我將向何處去？」

相似的困惑還出現在〈幽徑〉中。月曲了說：

「幽徑是心裏話／不能直說／婉約而多情／像首民歌一段小調／二胡把我擁入懷中／長笛短簫為我留住歲月／離鄉背井的吉他呢／替我走天涯」

但是，詩人始終有一個疑惑：「幽徑你這弦外之音／到底是不是／前世我悄悄放走的／那條小路嗎」（幽徑）

在這裏，「我來自何處」的疑問演變成找到不「回家小路」的酸澀，離散族裔那種常孩子般的心態躍然紙上。依此邏輯，「人生荒謬」的存在主義的哲學命題便會順理成章地浮現，但可貴的是，詩人沒有走入帕斯卡爾式對人生的悲劇認定中，而是用加繆式的「積極」反抗來賦予人生以意義。詩人說，「無論等風等雨等情人／一定要心平氣和／才能夠冷靜去胡思亂想」，詩人還是執意要「去等一個試探／或者戲弄而已／還是去等存在主義的寫實／一個性騷擾」，儘管「這個問題一直懸著／可置於門外或繫於窗前／當然亦可掛在心上」（風鈴之二）──這就是一種人生的態度，這就是流散族裔對荒唐的宣戰，一種賦予荒謬以意義的行動。

　　而流散族裔無根的苦澀，恰在這種下意識的「反抗」和「行動」中呈現出來。而我認為，這正是月曲了與余光中、洛夫等等表現出來的「鄉愁」大不一樣的地方。余光中等詩人流露的鄉戀是骨肉離散後的相思之苦，而月曲了表達的則是其來何處的叩問之痛。因此，從人類的根源性問題上看，月曲了的詩歌更有一種苦澀的酸痛。

三

　　「月曲了」是個耐人尋味的筆名。「月曲了」的詩意總讓人有種淡淡的憂傷。如果滿月象徵團圓，月彎的形狀則總是讓人感到美麗之外的殘缺憂傷。詩人的筆名，莫非隱含了某種原型意象？

　　在盛唐的星空下，有一顆璀璨的星星照耀在明亮的天空，那就是偉大的詩人李白。根據記載：李白祖籍隴西成紀，生於中亞細亞碎葉城。幼年隨父遷蜀中，二十五歲後出蜀，此後，漫遊各地，再也沒有回到故鄉。因此，李白的故鄉飄移不定，到底是祖籍、童年、老家或漫遊之處，難以斷定，抑或是正是李白的難言苦澀。王仲煌先生在品評李白著名的《靜夜思》時認為，李白的故鄉，實際上已非實寫，而是表現的「人生漂泊之諸相」，「那一個鄉愁的時空，要比實質的『故鄉』來得廣漠。」

　　固然，我們不能斷然將詩人月曲了的「鄉愁詩」與李白的「鄉愁詩」作簡單類比，但依然可以感覺到兩者之間千絲萬縷的血肉相連。正如王仲煌先生所說「中國人眼中的月亮，幾乎向來是鄉愁的代名詞。」 在唐朝月光輝映下的華菲詩人月曲了，在其首首看似表現平淡日常生活的詩歌中，其實到處都散發著李白

床前的那一縷縷雪白的月光和那散落一地的淡淡憂傷。因此，可以毫不誇張地說，詩人月曲了的精神故鄉在也許跟李白一樣「廣漠」而無實相，只是炎黃子孫血脈中永遠的大唐。而大唐也不光是李白的，不光是李世民和李隆基等等帝王的，只是炎黃子孫的一種永恆的歷史記憶，綿綿不絕的精神嚮往！

因此，我覺得，月曲了的筆管，流淌著的正是這樣一種鄉愁的藍墨水。只是，作為流散族裔，他的鄉愁，更多了一份讓人苦澀的份量。

月曲了的詩

幽 蘭

　　永遠那麼清晰地留在記憶中，平凡生前手不離卷的其中一本書籍，正是淺藍色封面的《月曲了詩選》，在咖啡室的一偶，或落日的海邊，總能看到他揭開著詩選，與詩人共享醉心的靈感。

　　無可置疑的，月曲了的詩，一直來是平凡所心慕的詩作，所謂：詩人愛詩，詩人欣賞好詩，詩人相惜；正是平凡對月曲了及其詩作，一面心照的表態。

　　月曲了的詩，像偉大的鋼琴在琴鍵上彈出的音韻，音律震波細長，敏銳地潛入讀者心境的深處。我每讀月曲了的詩，總不能自禁地被詩句中的意境，傳遞到的思緒，引入詩中的境界，錐心的感觸，常激動得我非把詩頁擱合，難以壓抑情緒的沸騰！

　　因平凡而結識才華洋溢的月曲了及其熱忱的王錦華賢伉儷，「相識恨晚」的感慨，是我心中一份努力以挽回的遺憾。

詩人有情

施約翰

假如有人向我問起月曲了，我會毫無猶豫地回答：
「好朋友、優秀球員、有情詩人。」

　　　*　　　*　　　*

　　和月曲了相交四十多年，中間有一半以上時間，我一直在北
美洲到處流浪；最近這十幾年雖然寄身在同一個都市，也從未刻
意定期聚首。可是，每一次見面，總會感受到彼此間那麼淡如水
的交情，不必言宣。

　　有一次，和月曲了同車，他追述當年和莊垂明用血肉指頭捻
熄燃燒煙蒂的往事，無限依戀。三四十年的小片段，真虧他還記
得這麼清楚。好朋友這三個字，月曲了受之無愧。

　　　*　　　*　　　*

　　一位年輕時踢足球的朋友說：「球一到月曲了腳下，誰也休想搶走它！」

　　不錯，月曲了的確有這能耐。不但如此，球再傳送出去，依然交給同隊的隊友。單憑這一招，就已稱得上優秀的中場球員（舊制度的中衛和內鋒）。

＊　　＊　　＊

　　仔細默念月曲了的詩作，幾十年如一日，總含有哲學的玄思和濃厚的感情。

　　且看初出道的月曲了：「老廟內，有我夜夜心願。叫一聲菩薩呵，燒三柱香！」而這老廟，「在愛情的小村莊。」哲思在老廟內，感情在小村莊。

　　再看他「握著三月天的心情，去和修女談愛」，感人的開場，「原是一種悲哀。」哲理的結論。

　　寫到來後，詩更純熟精練了，篇章內照舊洋溢著哲思和感情；最好的例子是〈天色已靜〉和〈房間曠野〉。

　　月曲了是個有情的詩人。老朋友希望他精益求精，更上層樓。

話說月曲了

張　琪

最浪漫的後現代好男人……
古典融合新潮，意境絕頂的詩人

深情的披瀝
──讀《月曲了詩選》有感

張　默

　　今年五月，菲華詩人月曲了與陳默、和權，聯袂來台旅遊，我與月曲了雖是初次見面，但相談甚歡，也許這就是所謂的「詩緣」。其實早在廿五年前，在菲華自由詩社出版的《一九六一》選集中，我就曾讀過月曲了的幾首詩，當時我深深感覺這位年輕詩人的作品，真摯而浪漫，頗富詩趣。

　　時隔廿五載之後，當月曲了把他的詩集影印本交給我，經過仔細拜讀，益覺滿溢在心中的話非一吐不快。

　　月曲了是在菲律賓的華僑社會長大的，老一代華人披星戴月開創事業的情懷，他應該可以呼吸到一些林林總總的風雨。

　　信然，詩人是源遠流長生命的鑑照者，也是五花八門現實的探索者，更是酸甜苦辣生活的雕刻者。是故，月曲了和許多菲華詩人一樣，他的每一首詩幾乎都充滿著對人間一種綿密的愛，一種誠摯的關懷，以及一種難以宣說的敲擊與玄想。

　　不錯，月曲了關注所有散佈在菲華社會週遭的一切，一座小橋，一棵大樹，一尊古砲，一個清道夫，一幀舊照片，甚至是一

片草葉……詩人莫不以不急不徐的調子，清清淺淺的話語，新新
鮮鮮的意象，把它們作最忠實而又犀利的刻繪。

在這部詩選裏，月曲了表達得最多的莫過於對自己身邊人與
事物的抒情與感嘆！

〈古砲〉就是一個明顯的例子：

> 遊客們都在敲打著
> 都要知道你真實的年齡
> 只有我
> 走近砲口
> 因為在照相機內
> 我聽見你
> 一聲長長的嘆息

「古砲」是一個十分淒涼的標誌，「鐵的忍耐」，「銹的感
觸」，頓使詩人沉醉在思古的幽情裏。當大家都在忙著紀錄它的
年代時，唯獨詩人是一個冷眼旁觀的醒者，他所關心的不是什麼
阿拉伯數字，而是一波接一波穿透時空的侵襲，它還能保持往昔
的英姿嗎？而最後一句：「一聲長長的嘆息」，豈不就是這尊古
砲最具體最動人的心理的剪影。

如果說，寫詩的目的首先是娛樂自己，我會高舉雙手，
深信絕大多數寫詩的朋友，之所以走上寫作之路，「娛樂自
己」，的確是一記很響亮的鑼聲。詩人以自我為對像而成就
的詩篇，簡直不勝枚舉。老詩人紀弦以「檳榔樹」自喻，以
「狼」自況，便是傳誦一時；鄭愁予的「水手刀」，辛鬱的

「豹」，也是經常被人談論的話題……月曲了自不能免俗，他
似「自畫像」「房間曠野」，側寫他自己思想的步姿，深刻而
令人躍動。

> 不畫感情
> 只畫一瀉千年的飛瀑
> 不畫思想
> 只看畫中有沒有詩
> 然後讓毛筆記起我的鬍子
> 讓鬍子題上我的名字
>
> ——「自畫像」最末一節

　　淡淡幾筆，調侃中寓有奇趣，對比中帶有懷想，作者借自畫
像洩露心中某些難以實現的自負，誰曰不宜。
　　通常，作者對題材的選擇，是各有偏好的。同樣是一座空曠
的足球場，如果由兩位觀點不同的詩人來抒寫，其結果會全然不
同。而月曲了對事物的觀察是相當的敏銳，當他的筆一落，那幅
場景的遠景，那場景裏的每一個細節、動作與位置，就會緩緩地
自他十分平白的語言中奔出。

> 沒有人可以攔阻我
> 奔向搶球的地方
> 再去搶回年齡
> 自己力敵自己
> 這種表演是不需要觀眾的

就讓樹葉為我鼓掌

——「足球場」一節

　　莫非是「人去球場空」的自怨自艾，葉樹怎能為我鼓掌，
我又怎能搶回逝去的時間，作者在靜靜的回憶中，總想抓回一些
什麼，而球場依舊是球場，空曠依舊是空曠。所以作者在結尾時
才會有這樣的述說：「躺它的土躺它的草／聽它每一寸復活的聲
音」……其實這土與草中，根本就無法否定存在著一個渾然的
自我。

　　基本上，詩人不僅是最會為自己畫像的人，他也是最會傾
聽時間的人，雖然每位詩人對時間的概念不一致，且各人捕捉時
間、運用時間甚或剖析時間，各有自己的方式與見解。茲舉兩個
詩例如下——

　　其一、德國詩人里爾克在《時間之書》中所展示的——

　　怎樣時間俯身向我啊
　　將我觸及
　　以清澈的金屬性的拍擊

　　其二、我國詩人瘂弦在〈時間、木馬、鐘擺〉一詩中所想望
的——

　　時間
　　鐘擺。鞦韆
　　木馬。搖籃

月曲了詩集　269 ∎

時間

前者彷彿聽到時間逼近時十分激情幾乎有金屬撞倒自我的聲音。後者則只是以「鐘擺、木馬、鞦韆、搖籃」這些物體來象徵時間靜靜的流動，甚至夭亡，如此而已……

下面我且把月曲了的「房間曠野」末節錄後——

聽見時間來了
我微笑等它
我徘徊在寧靜的房間曠野
忍受存在
等它怎樣逼那椅子
由新到舊

顯然，月曲了對時間的概念，與前兩例似乎不一樣，他不會像裏蘭克那樣十分理性的激情，也不像瘂弦般靜態積木式的位置的移動，作者是以微笑來等待時間，以緩慢的徘徊忍受狹小空間的存在，甚至等那椅子由新轉舊。可見作者是相當冷雋的、嚴肅的、復又如此有耐心的在傾聽著……作者甚至不願大聲說：「輕搖椅子我無心搖動世界」，實則吾人那有力氣搖動那碩大無匹無所不在的時間呢？

也許，作者在馬尼拉待得太久了，作為一個黃皮膚的中國人，經常不經意間掀起一種莫名的故國之思，自是必然的現象。「海外的窗前」一詩，可能就是他某一時刻孤冷的思緒之輻射。

馬尼拉的泥街上
徒有漢人的足跡

在海外的窗前
要獨坐幾代呢
千年之後
可惜馬車無輪
行人無步

本詩原為十五行，筆者為方便討論，特節錄其中七行。

第一節，指明眼前的現實，吾人雖置身馬尼拉，業已隱隱預示：我們又能怎樣呢？即使漢人再多，也祇是「徒有足跡」而已。

第二節，較之第一節感嘆似已加深，吾人到底要獨坐幾代呢？其實這根本是一個難以有答案的問題。除非你打道回歸自己的祖國。否則永遠是一束浪跡天涯的飄萍。

第三節，是對未來的預言，千年之後的事誰能界定，難保滄海不會成為桑田，至此我們對詩人的「馬車無輪，行人無步」的感嘆，也就不足為奇了。

如果我們再深一層地細咀此詩，作者在表面上雖然輕描淡寫，可是華人在海外慘淡經營的苦況，被人欺淩的屈辱，那種心情又有誰能體驗呢？詩人經過藝術轉化自能達到此種淡然、坦然、淒然的境界，令人不禁為月曲了的神來之筆而歌之舞之。試問「馬車無輪　行人無步」，果真到此山窮水盡，華人在海外還能奮鬥下去嗎？

　　這部詩選計收詩作六十三首,俱為作者自一九八一——八六年間的創作。另附錄早期詩作四首。除上面抽樣選介的五首佳作片斷外,另加天色已靜、寺的地址、固定的方向、圖中買鳥、獨飲、踏雪、糖果、隱藏的瀑布……諸詩作,業已為月曲了嶄新的詩風,樹立起相當突出的標誌。

　　綜合個人的考察和細讀《月曲了詩選》全部詩作之後的感想,筆者以為月曲了的詩,大概含以下三點特色。——

一、作者的語言看似鬆散,實則富有相當凝聚的張力,大約言之,每一首詩作均能形成一個完整的有機體。

二、詩中的知性與感性能加以適切的調和,意象每每多能貫穿全篇。

三、詩人身邊的素材俯拾皆是,不論抒情寫景均相當別緻,富有關懷的悲憫。

　　總之,月曲了毅然在菲華和台灣詩壇交出了他個人多年來從事詩創作的成績單,不論詆譽,今後他應該繼續致力於創作。願他和千島詩社的詩人們,在那悲壯而又燦爛的馬尼拉灣的落日中,更能寫出海外遊子深情而又傑出的詩篇。

中華民國七十五年六月十八日於台北

月曲了〈聽雨〉

　　各位朋友你好！非常高興邀請你每週日的晚間九點四十分來收聽，行政院文化建設委員會策劃，警察廣播電台製播的「詩的小語」單元，我們特別地邀請女詩人張香華女士為我們主持，今天她又要為我們介紹那幾位詩人的詩呢？歡迎慢慢欣賞。

　　聽眾朋友你好，我是張香華，有另外一位女詩人叫做萬志為，她在一首「無韻體」裏頭，對於青春有這樣的描寫，我今天不打算讀全首詩，我只引用其中的幾行，你聽聽看，對青春是不是有這樣的一種同感呢？她這「無韻體」，也就是說，沒有押韻的一首詩。看她怎麼寫的，她說，她是這麼說的：「沒有一處合乎標準／處處都像失去準繩／我是奔放的無韻體，說一是二，說三是一／一首沒轍的無韻體，是我。」我們聽了這幾個短短的句子，我們馬上可以辨識出來，寫這一首詩的是一個比較年輕一代的女詩人，她對於青春的認識是這樣子，她說，沒有一處合乎標準，處處都像失去了準繩，所以她說她自己說一是二，說三是一，一首沒轍的無韻體，是我。這個又使我們聯想起前幾個禮拜我們介紹一位年輕一點的女詩人，她叫做夏宇，她是一種調皮，而又用調侃的這種態度，來面對很多人生嚴肅的問題，何況詩人的確也有一顆赤子之心，所看到的青春期就是這樣子，沒轍的，那麼，我們讀完了這些跟青春有關的詩，我們再來看一看另外一

個人，他對人生的歲月或者對年齡的逐漸增高，有些什麼樣的感想，好嗎？我想下面我為你唸一首月曲了這位詩人他寫的「聽雨」。月曲了這個名字大家聽了也許會覺得是哪三個字呢？月是月亮的月，曲是彎彎曲曲的曲，了就是這個我們說什麼什麼了，這個了，就是月曲了，月亮彎曲了。他的名字取得非常有詩意，那麼等一下我再為你介紹這位詩人，他的出生背景。我們先來聽聽他的詩，好嗎？

聽雨

坐不能回答桌上
漸疊漸高
如年齡的書信
站也不能追問自己
已經一大堆
如賬簿的年齡
當四面打字機的雨聲
又在誰的
一生白紙上
錯字不停地落著

這首詩雖然不長，但是，很有韻味，你看他開頭的時候，他說了，坐也不行，站也不能夠，不能怎麼樣呢？他說坐不能回答桌上漸疊漸高如年齡的書信，我相信你和我都有同樣的經驗，日子一天天的過去，有的時候，我們的書桌上堆著一大疊朋友的

來信，而我們既然找不到生活裏面有一段時間空下來，給這些至好的朋友回信，那麼，時間還是不停的一天天的過去，年齡也一天天的增高，就好像我們桌前的這疊信一樣的漸疊漸高，我們坐在桌子前面也沒有辦法回答。是我們心情不靈，是我們沒有辦法從忙碌的生活裏頭很貼的坐下來，好好的寫幾封真的由心中，由我們內心深處想要跟朋友一起分享的一些生活內容也好，或者是告訴朋友一些生活的體驗也好，我們沒辦法坐下來，所以他說坐不能回答桌上漸疊漸高如年齡的書信，那麼站著呢？他說，站也不能追問自己已經大堆如賬簿的年齡。唉！真是無奈呀！詩人短短的兩個句子，就已經把坐也不行，站也不行，人生那種無可奈何的感覺，已經敘說給我們聽了。人生好像是欠了很多債務，不但是欠朋友的書信，我們有很多的工作，有很多的願望，有很多的期許，我們沒有辦法完成，或者是到目前還沒有辦法完成，所以人生就好像是不斷的在還債，拚命的還，還是沒有辦法還完，像賬簿一樣的年齡，越疊越高，而書信不但是越疊越高，我們欠的賬，越堆越大疊，所以坐也不行，站也不行。那麼，這首詩的題目，他說的是「聽雨」，跟雨有什麼關係呢？他說，當四面打字機的雨聲，你看，詩人，他的聯想力多麼的豐富，他把雨聲跟打字機，滴滴答答的聲音聯想在一塊了。當四面打字機的雨聲，滴滴答答的，又在誰的一生白紙上，錯字不停的落著。打字當然會打錯字，就好像我們人生，有很多行為，有很多做法，不盡如人意，不但是不盡如別人的意，也不盡如自己的意。所以說，才會有錯字不停。錯字不停，我們也沒有辦法攔阻它，還是讓打字機的錯誤好像雨聲一樣的不停落下來。這首詩真的讓我們覺得，我們人生真的無可奈何呀！那麼我再為你慢慢的讀一遍，他說：

「坐不能回答桌上／漸疊漸高／如年齡的書信／站也不能追問自己／已經一大堆／如賬簿的年齡／當四面打字機的雨聲／又在誰的／一生白紙上／錯字不停地落著」。

現在我為你介紹一下月曲了這位出生在菲律賓的華人詩人，我記得上個禮拜我為你介紹的是在光復以前出生在台灣本土的一位女詩人──陳秀喜，是由她學習日文來開始寫詩，然後在光復之後，才開始用中文寫詩，那麼今天這位月曲了，他對華文的執著，也可以從他的詩的造詣裏頭看出來，他雖然是長居國外，住在菲律賓，出生在菲律賓，生長在菲律賓，而今天他在菲律賓也有他自己的事業，但是他對於華文還有這麼大的一種嚮往，實在令我們感動。不但是他的詩寫的好，而且他在這樣一個不是以華文為主語的世界裏面，他的中文有這麼好的成就，也可以看得出來，他對於中華文化和中華文學這種崇尚了。而月曲了他的詩不但寫的好，他還得到過菲律賓華人王國棟文藝基金獎詩創作的首獎。從他這些成就裏面，我們深深的為他感覺到驕傲。他今天中文有這樣的成就，他自己也說：「不讀詩，不寫詩，我只是上帝創造的我，讀詩，寫詩，我才是自己創造的我。」那麼我們祝福月曲了他的中文造詣越來越好，他的詩寫得越來越精緻。那麼我們有更多的機會來讀他美好的詩篇。我想為你再介紹他的一首小詩，題目叫做「愛情」。前幾個禮拜，我為你讀了女詩人寫愛情主體的詩，今天我是第一次為你介紹男詩人月曲了他寫愛情，題目就叫做──愛情。

愛情
把手指折斷成樹枝

在荒涼的冬天
為你起火
在比心更深的地方
築廬舍
和你隱居

　　這首詩，只有短短的六個句子，中間他分成兩段，那麼短短的六個句子，我們已經覺得情深意重。我們來看看，他說：「把手指折斷成樹枝，在荒涼的冬天，為你起火」，愛情永遠都是在犧牲奉獻，巴不得把自己焚燒，我們前面介紹過奈都夫人也好，或者介紹的女詩人林泠也好，都是充滿著這種為愛情獻身的這種熱情，巴不得自己變成了燃料，為對方取暖，而這時候，男詩人月曲了他也說：「把手指折斷成樹枝／在荒涼的冬天／為你起火」那麼下面他說：「在比心更深的地方／築廬舍和你隱居」，多麼的動人啊！在比心更深的地方，他為你蓋了一間小小的茅屋，和你一起隱居在裏面，隔絕人世，只要和你長相廝守，這真是愛情最高的一個境界了。我記得古人秦觀有一首詩，其中有兩個句子，大家都很熟悉的，他說：「兩情若是長久時，又豈在朝朝暮暮」，看樣子，這只是一種安慰有情人的一句很無可奈何之下說的話了。其實，有情人何嘗不盼望能夠朝夕相處，長相廝守。就好像月曲了說的：「在比心更深的地方，築廬舍，和你隱居」哩！

　　今天我們的時間又差不多了，那麼就等你下個禮拜晚上九點四十分再來欣賞我們這個「詩的小語」單元。

一九九四年十月

話月曲了

莊良有

　　小華要我執筆「介紹」月曲了，我沒有婉拒，原因是這位大牌詩人溫和穩重的性格很受我尊敬，應該寫，即使我對他瞭解得不多，但印象很深刻。

　　月曲了是菲華重要詩人，其詩篇〈天色已靜〉之二堂而皇之的被選入《新詩三百首》。在新詩上燦爛的成就不需要我在這裏多贅，我要寫的是他獨特的氣質。

　　初識月曲了，我即問起其饒富詩意的筆名。他說當年追求錦華時，她不理不睬的態度使得他日子很不好過，鬱悶的心緒有如一弧彎曲的月亮，因而取名「月曲了」。好一個深情動人的故事，其卓越的詩才亦於此略見端倪。

　　月曲了眼光裏蓄有一道銳光，卻很惜言，不隨便發表意見。他謹言慎行，處世一板一眼，腰背又挺得筆直，貌似軍人出身的。很少看到他開懷大笑，或以朋友嬉鬧在一起，舉止間從不失態。他莊重而不失溫厚，見面時，常散發出一種真誠、親切的感覺。令人激賞的是他平時講話簡潔精當，與謝馨一樣，一句不

多，一句不少，恰到好處，這自是多年鑽研現代詩所鑄鍊出來的功力。

　　生活裏的紀律使月曲了顯示得很嚴肅，內心深處蘊處著的卻是放縱在其詩作無比的熱情。天下豪情的詩人都有他們瀟灑浪漫的一面，極使文藝界朋友感動的是月曲了與錦華幾次在文藝盛會助興節目裏，夫唱婦頌〈天色已靜〉精彩的表演。他把優美的音樂引入自己的作品，再以雄渾低沉的嗓子把它詮釋出來，錦華則在一旁以輕柔的聲調朗頌詩句，使聽眾在音樂中賞詩。「妳頌我唱」這一絕，前所未見，令人難忘。月曲了強烈的創造力所締造出來的詩感、美感、藝術感……洩露出他內在世界的豐裕。

　　數年前菲華文壇某前輩非議新詩，千島詩社群筆雄辯。月曲了亦曾為該場筆仗拔劍過。他以生動有力的筆觸一抒其毅然不屈的立場，他又冷靜，情緒不失控。辯得犀利，辯得斯文，月曲了「在壓力下的雅姿」一時被傳為文壇佳話。

攜手偕老

董君君

初踏進文藝界，認識的文友不多。喜歡月曲了的詩，而不認識寫詩的人。

一次文藝界的聚會，在王彬街翠華酒家舉行。我去赴會，樓下看到前面手牽手走在一起的親密夫妻。不由地心膨脹著欣慕之情，夫妻恩愛是無上的幸福。多數夫妻（幾乎是全數）結婚時，戒指環住的誓約，聖壇前的承諾，在在揚言此情永不褪色，然而，終歸敵不過歲月的洗滌，此情不褪色也模糊了。

我聽到錦華小聲對景龍說：「她是董君君。」他倆齊轉身招呼我，就在這一瞬間，我喜歡上他夫妻倆，喜歡他倆言笑指顧間，靈犀相通，心脈相惜的有情人。

我知道自己是全麥麵包一樣粗糙無味的人。一點也不懂詩。讀詩，分辨詩的好壞全憑直覺，不敢信口雌黃。我喜歡月曲了的詩，覺得他的詩文筆自然靈動沒有炫耀自己的瑣屑意願，沒有那無所事事的幻想或夢，沒有陳腐的情感，沒有晦澀難嚼的詞句，或華麗的修辭。讀他的詩，自然能挑動你我的心弦，詩盡時乃琤琮，繚繞於讀者的心中。

月曲了的詩，平易感人，不一頭栽入前人的詩詞裏，撿拾前人的牙慧，沒塞進需要看註明借用的典故。他的詩意景深遠，象徵的手法高妙，對人生的領悟充滿閃爍的靈性，深得我心，令我喜歡。

　　我喜歡月曲了的詩，王錦華的散文，繼而喜歡他倆的人，沒條件的喜歡，不求回報的喜歡——那同步於文藝伸展台的他倆，共舞於文藝聚光燈下的恩愛典範夫妻倆。

　　有句話說：「欲修到神仙眷屬，需做得柴米夫妻」。

　　月曲了和王錦華一對難得的恩愛眷屬，也是一對柴米夫妻。他倆同上菜場，同跋涉於油煙世界討生活，不厭不倦，營造美滿幸福的家。

他身邊的三位女人

劉純真

　　記不清是那一次的聚會，月曲了的女兒打電話來催他們夫婦要早點兒回家。月曲了接了電話，回頭輕描淡寫的說了一句：「我一生真是可憐，小時候怕母親管，年輕的時候怕太太管，現在年紀大了，卻怕起女兒來了。」整桌的人都笑開了，錦華更是笑得一面燦爛，我也跟著大家笑，但覺心裏一股暖流流過全身，深覺月曲了這幾句話真是窩心，他是怎樣深刻地寵愛著他身邊三位可愛的女人啊！她們真是有福啊！

　　月曲了就是這樣的一位孝子、賢夫、慈父。而在朋輩中，他也是一位深受歡迎敬愛的好朋友。他待友至誠，為人隨和懇切，只要有他在座，無不舉座歡顏。他雖不多說話，但每一次出口皆是詩，他的每一句話都雋永有趣，意味深長，耐人尋味，所以聆聽月曲了講話，或與月曲了聊天，實在是一件非常舒服有趣的事！

　　月曲了是菲華詩壇的健將，他的詩意境高超，深受好評。一首〈天色已靜〉，每次聽他以渾厚深情的歌喉唱出，配以錦華柔美的音韻朗誦，都令我感動得熱淚盈眶。

風行水上似君詩

潘亞暾

菲華詩人月曲了君贈我一冊他的詩選，計一百四十四頁，六十七首詩。其中多是一九八一至一九八六年間的創作，這五年的時間加上地球和外空，就是那些詩篇的時空背景。去冬訪菲，有緣同桌歡宴，祇知他本名蔡景龍，福建晉江人，一九四一年生於菲律賓，六十年代開始接觸新詩，先後加入自由詩社、耕園文藝社、菲華文藝協會，千島詩社發起人之一，作品散見各報刊，曾獲王國棟文藝基金會第一屆文藝獎新詩獎。如此交淺，不易品詳其詩。

我把這本印刷精靖、裝幀雅緻的詩選比做一小盒錄音帶，不看其外觀，而用眼睛「聽」它的內容究竟如何。

那正是吉日良辰，飯好茶香，身心暢快，窗明几淨的閒適環境；鳥不吵，蜂不鬧，我靜聽月曲了詩中一有一股天籟自鳴……

他以菲華詩人蘊於胸中的特有意象，引我去〈看海〉。落日時分，在海口，「啤酒一瓶兩瓶數著……」你以為他數啤酒總共喝了幾瓶嗎？非也。他數的是「蚊子咬傷的／呂宋的日子！」原

來詩人眼望著夕陽燦爛的空間之海，心想的卻是遠托異國的時間
之海，這二者被他如此這般地統一起來了：

> 如果此時看海
> 不如想海
> 想父親年輕之時
> 他看過　又想再看的
> 中國海

　　月曲了真是個淘氣的詩人，他先把你誘進五里霧中，作弄一
番，才解禁讓你重見天日，豁然心朗。

　　我又跟他到了〈海外的窗前〉，這又是何等意象呢？「馬
尼拉的泥街上，徒有漢人的足跡／但無訪者！」在菲律賓，漢人
祇佔人口百分之二的少數民族。漢人早在十六世紀就來到這千島
之國的，至今菲華也祇有百來萬。月曲了的「窗前冷落無訪者」
是海外華人普遍的感觸，他卻自我解孤，說「唯這海風／故意推
開我的大門」、落籍外邦的華人，謀生也是很艱難的。「門雖設
而常開」是詩人向著遠方的祖國而敞開的心扉的意象；「我的大
門」是「海風故意推開」的，這是隔海隨風南來的故土舊鄉的信
息時時叩動赤子心弦的意象。

　　我自信抓住了詩人所構思的意象，成了他的知音。我繼續
「聽」他詩中的妙趣，「循聲更問彈者何」，卻聞他大聲質問
道：「在海外的窗前／要獨坐幾代呢？」他簡直不耐煩了：「你
們的汗在我的額上／我已記不起你們的冬天，寫不出自己的雪
景」這是「有深情，無奈何」的天涯遊子的心態刻畫。最後，詩

人表達了對祖國前景的關切情懷：「千年之後／唐朝該是假的／中原飄來的酒香才是真的……」就我所知，東南亞華僑有時把故土家鄉稱做唐山，又把海外同僑泛稱唐人；而歷史上的唐代則是中國封建社會最強盛時期。如此看來，詩人是用「唐朝」表示祖國往日的光榮的。懷古思今，將來如何？人生是現實的，歐洲人早已不能拿古羅馬的殊榮來解決當代的政治經濟問題，同理，千年之後，全世界怎樣看中國呢？顯然，世人要看你現場表演，而不重視你祖宗得過的金牌銀牌！「中原飄來的酒香」是中國今後的成就對菲華同胞的實質性支持和鼓舞。移植海外的「帝炎黃之苗裔」還記得十年浩劫期間，內銷市場上「個人形象」日日漲價，而外銷市場上「國家形象」卻天天貶值。這個離奇的「政治經濟學」現象被詩人用也很離奇的意象表現得酣暢淋漓了。

接著他領我走進〈圖書館〉，說是有人約他去借書。詩人牢騷滿腹，抱怨圖書館裏清靜卻不許談情，燈前也不如月下，偶有書香而永無花香，甚至如醉如癡，瞎擔心我們二人坐久了，會像那兒的椅子一樣「愈相處愈陌生」。起先我直聽不懂說的是啥，後來聽他唸唸有詞：「約我來借書／反被書借去」，才悟出點名堂來。其實他並不憂慮「你會忘情於／中外古人／一本又一本／名人的傳記間」。他也不牽掛自己「在中國近代史上／每次戰亂我必受傷」而跟朋友離散。他擔心的是，各坐一個窗口，「我會忍不住／一直眺望故國」而忽略了身邊的好友。這種反襯的筆法所表現的主題跟前邊那首〈海外的窗前〉相同，而意趣有別。

接著我被帶到了一場空難的現場。「一九八三／九月一日凌晨／一架韓航客觀／被蘇俄飛彈擊碎……」這首〈韓航客機〉幾乎是用新聞報導的筆法寫的，誰也不能說月曲了寫的都是朦朧

詩。這首詩的三段安排卻顯示了作者並沒有採用新聞體的一瀉無餘，而保持了詩體所應有的含蓄。首段八行：「日本時間／蘇俄時間／都不及阻止／錯誤的歸期」——這是對遇難者的深情悼惜。這次災難是人為的，所以慘絕人寰。詩人對死者的悼惜越深，則其對殺人者的譴責也就越重。古時秦國統治者拿三個精壯小伙子給秦穆公殉葬，他們被活活地推下墓穴。民歌記錄了人民同情犧牲而憎恨暴政的心聲：「彼蒼者天，殲我良人！如可贖兮，人百其身！」那是奴隸社會裏的事。如今二十世紀的文明卻與殘暴成正比，蘇軍一彈把幾百人從高空中打入深海，拿無辜者作政治祭壇上的犧牲，從此「就永遠／看不到南朝鮮的日出。」詩人的悼惜是真摯而沉痛的。而第三段的後五行詩則明鮮地反質抗議了：「誰說失蹤／庫頁島／不是唯一的證人／北太平洋的風浪／也不是唯一的號啕」。這次事件的罪責在蘇聯，它的庫頁島駐軍不能做證人。這次不幸的罹難者所得到的同情與悲悼是世界性的，並不限於北太平洋地區。第三段的七行詩更是寫得詩了情未了，引人沉思：

> 誰說失蹤
> 在每一個人的心中
> 此時都出現一架
> 韓航客機
> 還默默的
> 繼續飛行
> 不知道漢城在哪裏

人類如此無情地慘害無辜，究竟有什麼文明的解釋呢？號啕問青天，它也不知道答案在哪裏。

　　隨後我被引去換個氣氛，去領略〈馬尼拉之晨〉。詩人把這個前殖民地的共和國首都那種高節奏，濃色調的生活之晨，說成「馬尼拉之晨」。儘管詩人形容馬尼拉的旭日「熱情如早熟的芒果」，可是他也不掩蓋乞丐多得叫人捏一把冷汗。其言真，真意善，其詩美。古人要求詩必溫柔敦厚，也近似真善美三結合的標準。月曲了筆下馬尼拉之晨，猶如柳堤春曉，輕霧迷濛，讀者透遇那蟬翼般的三合一精紡窗紗，可以用想像補充眼睛所捕捉的景色，而最終領悟詩人揮筆之時的胸中意境。

　　隨後我又被引到菲律賓千島詩社看了他的〈自畫像〉。那畫布真特別，貼著「異鄉」的商標。背景卻平凡，是虛虛實實一道細線，勾出「天涯」的輪廓。在這平穩舒展的細線上下，一派黃昏的景象，這在哲理上象徵畫中人已經放跑了一生中的大部分時光。這樣的畫布，這樣的背景，上面浮現著的詩人自己：坐著氣勢像一座假山，站著神態像一棵移植樹；頭髮呢？李白說過：「君不見高堂明鏡悲白鬢，朝如青絲暮成雪」。祇因頭髮如此善變，「就畫幾片流浪的白雲」。詩人自畫像的意態大體就是如此。他綺思妙趣，用的是雙重象徵法。白雲既代表隨年月而俱增的白髮，又代表詩人漂泊的生涯。他就是善於運用這種技巧的。你看：他的愁眉似風雨交加的人生道路，雙目朝著窗口遙看童年，耳貼著沙灘陪貝殼去聽海，鼻子聞著家鄉泥土的清香，緊閉的嘴唇對著沉默的世界，夢裏的容顏像黑夜磨碾深陷的東方古硯，心好像寄屋外那麼不在焉，感情似一瀉千丈的飛瀑，思想猶如讓人要在畫中尋找的詩！他的自畫像就是這樣接二連三地用雙

重象徵的小點兒「掃瞄」出來的。評論家認為月曲了詩中的意象很有特色，我覺得特色之一就是積微成著，讓人豁然了悟，而起初總有點如墮霧中的朦朧感。這首〈自畫像〉就很典型。瞭解詩人身世的朋友，誰會說這裏畫得不像呢？若非他本人的特有技法，又有誰能畫得像呢？

　　月曲了真是奇人，他幾乎觸手成詩，什麼都可以借題發揮，所以光這本集子裏的六十幾首詩就包攬了多種多樣的題材。我希望詩人不久再出續集，讓讀者領略更多的詩趣。

一九八八年四月十八日

月曲了的世界

蕭　蕭

　　月曲了，菲律賓華人作家，本名蔡景龍，是菲律賓千島詩社社員。最近集結了他近五年（一九八一至八五年）的作品為一集，取名《月曲了詩選》，由林白出版社發行。我有幸先睹，深深為中國人堅強的生命毅力，愛詩的一顆千古不變、萬世不移的心而感動。在台灣，我們熟練用中文，原不足為奇，在異地、在他鄉、在使用英文的地區，而仍然堅持中文，以中文傳達心聲、傳達中國人的情思，我彷彿見到一株被移植的樹，依然堅持母樹的姿式和蒼翠。在菲律賓曾有一段長時間的戒嚴期，不准有中文報刊、雜誌的印行、出版，像月曲了這樣的詩人都壓抑著、蟄伏著，好像在黑暗中的泥土中長期的忍耐和等待，一俟春風解凍，他們以飽漲的生命力突破所有的限制、禁忌，蓬勃了起來——一株被移植的樹，依然堅持中國的調子。

　　《月曲了詩選》所收集的詩作，技巧純熟，毫無生澀感，雖然是年過四十的詩人的第一本詩集，但我們看見的正是煥發的生命推湧著詩，精純的語言技巧開展著詩，在這樣的詩的國度裏，我們享受詩與生命的清純之美！

　　就一個旅菲的華人而言，月曲了詩中必須瀰漫著深濃而苦澀的鄉愁，特別是幼年時期還曾在北平逗留過的月曲了，對於文化中國、地理中國，時時在他心中形成低氣壓式的俯臨，形成氣旋式的攪動，他不能不訴之於詩，藉以紓解那濃烈的苦澀，不能回甘的愁緒。

　　未曾瞭解月曲了這個人之前，我們看他的「自畫像」，大約可以知道他是什麼樣的一個詩人，他的自畫像背景是「是虛是實的天涯」，因為他處在異鄉，異鄉是虛也是實，異鄉當然更是天涯；自畫像的時間是「哲理濃厚的黃昏」，這句話顯示他的詩傾向於知性與感性的交融，知性的哲理，源自於他中年久經歷練的生命穎悟，感性的黃昏，則是因為他無可淡化的鄉愁。

> 畫我坐著如一座假山
> 站著如一棵移植樹
> 若畫不出我善變的髮
> 就畫幾片流浪的白雲
> 畫風雨交加的路
> 我憂鬱的雙眉
> 畫我的眼睛
> 在遙遠的窗口看童年
> 畫我的耳朵在沙灘上
> 和千隻的貝殼聽海去
> 畫我的鼻
> 深深的吸著家鄉的泥香
> ……

畫我的心

　　不在屋內

　　我的心，不在屋內。會在什麼樣的方向中呢？

　　一個華人，在南方的菲律賓千島之間，在芒果的奇香裏，一樣被烈日曬黑的皮膚上，憑什麼追認出來呢？月曲了在「固定的方向」詩中所憑藉的是：「憑今夜木桌上一壺茶／我在茶杯中／等江南的破曉」「憑我不言不語的胸膛／胸膛間有一片／令人發呆的海」。往往是一整夜喝茶，等待的是中國可能的黎明，往往是不言而語，整夜發呆，以固定的方向想念江南。往往就是這樣不可理「癒」的愁鄉症。

　　特別是在有月亮的晚上。自古以來，月亮已成為中國鄉愁的具體象徵，看到月不想家的，恐怕不是中國人！月曲了的「中秋月」說：「中秋夜／水聲不在溪河／偏在枕上／莫名地川流」，在異鄉的人，望月沒有不淚流的。不僅如此，月曲了擔心的是「中秋月，今年又照我，不去照故鄉」，閒閒淡淡的一句話卻見出詩人心中的焦灼，詩人仁者的心懷，期求的是故鄉的人也能在寧靜的心情下欣賞明月，明月照臨下的故鄉人再不必「一夜鄉心五處同」！

　　「我想直流北上，即使成為一條不動的冰。」

　　當詩人面對「淺溪」，想到的卻是「直流北上」那樣固定的方向，比起流落江南的杜甫還要更南，嶺之南、海之南，月曲了的感慨自然就更深了！

　　因而，在生活在歷練上也就更容易體悟生命的形態和本質了。

　　在這冊詩集裏，有兩首極為特出的詩，一首是悼詩人王若的詩「天色已靜」，一首是「房間曠野」。

　　「天色已靜」設定了簡單的生活情節，正是朋友死了之後，我們去慰問未亡者，應該有朋友在的地方，可是為什麼還不見朋友回家呢？這種悵然若失的感覺在第一段裏表現出來，一般的悼亡詩寫到這裏已經相當不錯了，月曲了卻在第二、三段有超現實的設想，設想朋友的亡魂回來，然而陰陽兩隔，也無法相感相知了：

> 伸不出什麼
> 也要伸出一隻手
> 去撫摸她憔悴的臉
> 而你的手
> 她以為
> 以為是冰冷的月光

　　亡魂回來，伸出的手卻成為冰冷的月光。將現實的環境與超現實的想像揉和在一起，情與境相交融。在最後的一段，「家是比天堂溫暖的」，因此，「雖房間的燈火照得你好痛，你也要留下」，「走入她的眼睛，住在回憶裏，永不再出來」，寫出了夫妻的相戀不捨與家的溫暖，也更因為如此才顯得朋友的未歸是多麼地令人傷痛！

　　「房間曠野」，則從人所在的空間去抵拒抽象的時間，「日曆如帆，有去無回」，濃郁的「咖啡海浪」，「千縷終是過眼雲煙」，寫的都是時間的感覺，最後是我「忍受存在，等它怎樣逼

那椅子由新到舊」，彷彿詩人要與時間對決，寫出人對時間的抗逆性。

從這樣的角度切進人生，確實月曲了給了我們許多異樣的、複眼的窗。

《月曲了詩選》是一位四十歲以上的中年詩人，近五年來的詩作，而且是他的第一部詩集，這樣的特質，恐怕也可能是古今中外罕見少聞的，因此，中年心境的特殊呈現，也就成為這本詩集的另一個特色。

以「獨飲」一詩為例：

> 果真沒有一粒花生
> 能剝開異國清脆的殘曉
> 而桌上的月光
> 已經三寸厚了
> 還要等我
> 推倒多少空瓶
> 酒才會清醒
> 才把我推倒

不醉不眠的夜，是因為醉不了、眠不成的心。

花生是佐酒的妙品，卻無能帶來清明的心，月光「三寸厚」，那又是多久的憂愁與煎熬！睡不著，也醉不了，那又是什麼樣的一種心境！哀樂中年「坐不能回答桌上漸疊漸高如年輪的書信」，「站也不能追問自己已經一大堆如帳簿的年齡」（聽

雨），偶爾跟朋友在小店裏喝個咖啡，「莫談人生，咖啡一定更香濃」（小店裏）。

未到中年，可以從月曲了的詩中揣摩的心境，已屆中年，那就彷彿遇到另一個痛不敢呼的自己。

> 清晨
> 我在鏡內
> 整理一夜分散的表情
> 踏出門外
> 路又一條一條的
> 把我分別帶走
>
> ——上班

落實在生活裏的中國人二十世紀末的現代人，原是如此無奈的。分崩離析，如何去呈現一個獨立的個體，自主的人格？

月曲了的詩思能如此自如地出入於現實生活之中，正是從一個國到另一個國的遊子，沉痛的省思之後的一分體悟。

譬如說，他到日本富士山去踏雪：

> 富士山上踏雪
> 我踏它
> 它凍我
> 我們望著天空
> 天空只有雲煙

沒有恩怨

——踏雪

日本與中國之間數不清多少的情仇恩怨，然而從大自然的現象來看又如何呢？「天空只有雲煙，沒有恩怨」。

一九八一年，月曲了有一首「大小樹」的詩：

街旁各棵大小樹
枝已參天葉已落地
還是想不透

移民局的上空
一簇雲
要來就來
要去就去

已經透露了大自然的無所不容，胸襟廣闊。從這一個國到另一個國遊子，對雲的來去自如，不能不有深刻的感慨，為什麼大自然的雲可以如此來去無拘，而人——從這一個國到另一個國的遊子，卻要在移民局的印戳下尋求一個足資庇蔭的地方？

菲華詩人莊垂明也有一首情境近似的詩，「瞭望台上」：

指向前面
嚮導說：

「那就是邊界
　不可擅越」

站在落馬洲的瞭望台上
我偷問蒼鷹
凜風、鳴蟲
什麼叫做邊界
他們都說：
「不懂」

　　大自然的蒼鷹、凜風、鳴蟲，是無所謂邊界的，唯有人類畫
疆分域，自築堡壘。
　　這樣的詩或許更凸顯出菲華詩人的共同心聲，在尋求生存的
奮鬥中，在無止盡的鄉愁煎熬裏，是不是只有從大自然寬廣的包
容裏獲得一點心靈的慰藉？
　　月曲了是如此忠實地表現了他自己的世界，真與純，就是他
這本詩集最主要的容顏與調子了！

月曲了的〈眺望〉

洪　範

　　菲華詩人月曲了的小詩〈眺望〉榮獲二〇〇七年度《創世紀》首屆小詩獎。

　　《創世紀》詩刊在二〇〇六年底開始在網絡上公佈辦法，也在詩刊上公開徵稿，從詩刊一五〇期到一五三期所刊載的小詩中，精選出二十二首，進入決選，選出五首不分名次，五位得獎者，包括大陸一人，海外一人，台灣三人。

　　創世紀詩社成立於一九五四年，創世紀詩刊於十月創刊，至今已經走過了五十四年詩的日子。

　　月曲了在《創世紀》詩刊四十週年，寫了〈智慧的戰場〉祝福和對它的尊敬：「當年幾個年輕小伙子在軍中獻身繆斯，憑著共同的認知，擁抱一個超然的文學理想，緊握現代詩的火把，在霜雪下組社、創刊。披荊斬棘，一晃而四十年，艱辛的歷程也如他們的作品，可歌可泣。而現在頭髮雖白了不少，但赤忱一片，依然狂熱如逆風中的錦幟，飄揚飛舞，並帶領著更多的戰士，屹立在時代的前線。面對新的歲月，新的自我，準備另一個四十年的藝術衝刺。勇於創新，勇於實驗的精神，始終是《創世紀》堅

持的文學信仰。它不但是一本挑戰性強、接觸層面廣闊的詩刊，而且是中國新詩運動不可缺少的一頁，時間已證明。六十年代，我已是《創世紀》忠誠讀者，至今不變。我把它當作一本心靈交手、智慧之爭的戰場⋯⋯。」

《創世紀》詩刊與《藍星》詩刊和《現代詩》詩刊是在台灣當時的「戰鬥文藝」趨勢下而堅持了較為純正的詩性立場，鼎足而立。

月曲了獲獎的小詩〈眺望〉：

如何眺望
也看不到妳
母親　妳知道嗎
天空每夜扔掉的星子
其實
都是我的眼睛

決選委員辛鬱的評語：「親情遙長而綿密，如同生命與時空恆在凝視：〈眺望〉勝在此境界的深剖。」

某詩評家說月曲了的詩有三大特點：一、作者的語言看似鬆散，實則富有相當的凝聚力。二、詩中的知性與感性能作適切的調和。三、不論抒情、寫景均甚別緻，富有關懷的悲憫。

月曲了的〈眺望〉，就是菲華詩壇的希望。

原載二〇〇八年四月一日《世界日報》「人間對白」專欄

詩的遙遠與距離

洪　範

　　菲華文壇上有一對佳偶，有共同的文學夢想，所以為著實現他們的夢想，共同出版了一本令人喜愛的《異夢同床》。

　　《異夢同床》分為月曲了的詩，王錦華的散文。這本鴛鴦譜，是為著紀念他們相識五十年。

　　王錦華說：「開始寫作，是為了『夢想』。後來因為有了『抱負』而寫作，如今寫作是『寄托』。」

　　月曲了的〈詩觀〉：

> 彼此的心跳都是最動聽的旋律
> 踩著生命的拍子
> 邀你共舞
> 向你伸出的手就是詩
> 只要情真
> 無須理由
> 詩是感觸
> 詩是發現

分享及承擔

詩是尋找我們之間之差異

詩是穿透

竊聽與窺探

詩是絕對的解釋

是遇見的人生

個別的身境

可晦澀

不可妥協

詩讓你聽見風箏斷線的痛

詩讓我的淚自你眼中掉下來

詩是不原諒的

詩是美的計較

　　一般的讀者在讀了月曲了的詩，都感到很困難，很不容易接受。但是，如果把月曲了的〈詩觀〉一讀再讀，然後再找讀月曲了的詩，就會感受到「只要情真　無須理由」。

　　詩是感觸，要用心去感受，而不是用解釋來讀詩。詩是要發現與分享及承擔。而不是要有理由的。

　　月曲了說：詩是尋找我們之間之差異。讀者的感覺與詩人的感受是有差異，所以說詩是要把讀者與詩人的差異尋找出來分享。

　　月曲了的一首詩〈霧〉，只有三行：

把世界
用塑膠袋包好
上帝要Take Home

世界被塑膠袋包好了。整個地球藏在塑膠袋裏，形成了霧一般的世界，塑膠袋是機械文明社會的產品，整個世界已經失去了上帝創世紀的意願，所以上帝要Take Home。

月曲了的詩，是要一讀再讀去感覺感受，他寫給他母親的詩篇是無須解釋的。〈遙遠〉：

人間天堂的距離
怎樣也不及
我們之間的遙遠

但是
遙遠不可怕
可怕的是距離。

另一首〈的士〉：

遙遠不可怕
可怕的是距離

母親你在哪裏
只要時間是計程車

再貴的車資
我的思念
付得起

令人感動不已的詩。

原載二〇〇七年九月廿二日《世界日報》「人間對白」專欄

〈寫信給母親〉

洪　範

　　我說月曲了寫給他母親的詩篇是無須解釋的，是令人感動不已的詩！

　　我們的歲月老去的時候，在失去了母親的時候，痛的感受，從割掉臍帶開始，更加痛楚。

　　我跟詩人月曲了說，中年喪母，比什麼疼痛都痛。他說，老年喪母，更痛！

　　與我們生活了幾十年的親人，只有父母親跟我們最親，我們失去了母親，那是最痛的感受。

　　我讀《異夢同床》一書，月曲了的詩，他寫給他母親的詩篇，有痛的感受。

　　〈遙遠〉：

　　　人間天堂的距離
　　　怎麼也不及
　　　我們之間的遙遠

　　但是
　　遙遠不可怕
　　可怕的是距離。

　　遙遠，可以接近，距離，不可以接近。這種感受，只有失去母親的人，才可以接受。
　　〈今夜何必又中秋〉：

　　母親你知道嗎
　　天空每夜扔掉的星
　　其實
　　都是我探望你的眼睛
　　昨天我已把窗口
　　還給明月
　　今夜何必又中秋。

　　詩人探望的眼睛，是每夜扔掉的星，是詩人流下來的淚珠，每逢初一、十五月圓的時候，失去了母親，還有什麼團圓，今年今夜，何年何夜何必中秋？
　　〈窗前〉：

　　路燈昏花
　　如一老人
　　搬不動深沉夜色

逆著星光
我張望
看不見昨日窗前

昨日的窗前
母親在等我

　　詩人年老時失去了母親的心境，所有的感受，思念，從詩篇裏，讓讀詩的人都感受到了。

　　讀月曲了懷念母親的詩篇，不禁想起母親突然往生的那些日子。母親知道了身體不適，老人家的求生意志很強烈，醫生們的醫療指示，老人家一一遵守，可是醫生們認為一位九十歲的老人，是再不適合動大手術，一家人都掉進無助的深淵，也做了盡子孫的責任，希望母親還能夠有一段日子可以跟我們在一起，可惜，天不從人願，母親終於走了。

　　一家人順從了親朋戚友的安慰，那是「大福」。

　　幾年來，一直想寫一首詩來懷念母親……

　　〈寫信給母親〉：

蝴蝶是郵票
只要星光出聲
住址
可以問窗外

　　月曲了〈寫信給母親〉，我讀〈寫信給母親〉，我們的思念是一樣的！

　　　　原載二〇〇七年九月廿九日《世界日報》「人間對白」專欄

國家圖書館出版品預行編目

我的眼光是碎的 / 月曲了著. -- 一版. -- 臺
北市：秀威資訊科技, 2010. 06
　　面；　公分. --（語言文學類；PG0329）
（菲律賓. 華文風 ; 8）
BOD版
ISBN 978-986-221-380-3（平裝）

868.651　　　　　　　　　　　98023685

　語言文學類　　PG0329

菲律賓・華文風 ⑧

我的眼光是碎的

作　　　者 / 月曲了
主　　　編 / 楊宗翰
發　行　人 / 宋政坤
執 行 編 輯 / 藍志成　邵亢虎
圖 文 排 版 / 鄭維心
封 面 設 計 / 陳佩蓉
數 位 轉 譯 / 徐真玉　沈裕閔
圖 書 銷 售 / 林怡君
法 律 顧 問 / 毛國樑　律師
出 版 印 製 / 秀威資訊科技股份有限公司
　　　　　　台北市內湖區瑞光路583巷25號1樓
　　　　　　電話：02-2657-9211　傳真：02-2657-9106
　　　　　　E-mail：service@showwe.com.tw
經　銷　商 / 紅螞蟻圖書有限公司
　　　　　　台北市內湖區舊宗路二段121巷28、32號4樓
　　　　　　電話：02-2795-3656　傳真：02-2795-4100
　　　　　　http://www.e-redant.com

2010 年 6 月　BOD 一版
定價：370 元

讀　者　回　函　卡

感謝您購買本書，為提升服務品質，煩請填寫以下問卷，收到您的寶貴意見後，我們會仔細收藏記錄並回贈紀念品，謝謝！

1.您購買的書名：_____

2.您從何得知本書的消息？

　　□網路書店　□部落格　□資料庫搜尋　□書訊　□電子報　□書店

　　□平面媒體　□ 朋友推薦　□網站推薦　□其他_____

3.您對本書的評價：(請填代號　1.非常滿意 2.滿意 3.尚可 4.再改進)

　　封面設計____　版面編排____　內容____　文/譯筆____　價格____

4.讀完書後您覺得：

　　□很有收獲　□有收獲　□收獲不多　□沒收獲

5.您會推薦本書給朋友嗎？

　　□會　□不會，為什麼？_____

6.其他寶貴的意見：_____

_____

_____

_____

讀者基本資料

姓名：_____　年齡：_____　性別：□女 □男

聯絡電話：_____　E-mail：_____

地址：_____

學歷：□高中(含)以下　　□高中　　□專科學校　　□大學

　　　□研究所(含)以上 □其他_____

職業：□製造業 □金融業 □資訊業 □軍警 □傳播業 □自由業

　　　□服務業 □公務員 □教職　　□學生 □其他_____

（請沿線對摺寄回,謝謝!）

秀威與 BOD

BOD（Books On Demand）是數位出版的大趨勢，秀威資訊率先運用 POD 數位印刷設備來生產書籍，並提供作者全程數位出版服務，致使書籍產銷零庫存，知識傳承不絕版，目前已開闢以下書系：

一、BOD 學術著作—專業論述的閱讀延伸
二、BOD 個人著作—分享生命的心路歷程
三、BOD 旅遊著作—個人深度旅遊文學創作
四、BOD 大陸學者—大陸專業學者學術出版
五、POD 獨家經銷—數位產製的代發行書籍

BOD 秀威網路書店：www.showwe.com.tw
政府出版品網路書店：www.govbooks.com.tw

永不絕版的故事・自己寫・永不休止的音符・自己唱